捧 读

触及身心的阅读

弗雷德里克·布朗
经典科幻小说集

地球上
最后的敲门声

Last Knock on Earth

〔美〕弗雷德里克·布朗 著
Fredric Brown
田田 译

张进步 程碧 主编

南方出版社
海口

图书在版编目（CIP）数据

地球上最后的敲门声 / (美) 弗雷德里克·布朗著；
田田译；张进步，程碧主编. — 海口：南方出版社，
2024.2
ISBN 978-7-5501-8449-7

Ⅰ.①地… Ⅱ.①弗… ②田… ③张… ④程… Ⅲ.
①短篇小说–小说集–美国–现代 Ⅳ.①I712.45

中国国家版本馆CIP数据核字(2023)第251259号

地球上最后的敲门声

DIQIU SHANG ZUIHOU DE QIAOMENSHENG

〔美〕弗雷德里克·布朗【著】

田田【译】　　张进步 程碧【主编】

责任编辑： 姜朝阳

装帧设计： 仙境设计

出版发行： 南方出版社

邮政编码： 570208

社　　址： 海南省海口市和平大道70号

电　　话： (0898) 66160822

传　　真： (0898) 66160830

经　　销： 全国新华书店

印　　刷： 宝蕾元仁浩（天津）印刷有限公司

开　　本： 889mm×1194mm　　1/32

印　　张： 8

字　　数： 185千字

版　　次： 2024年2月第1版　2024年2月第1次印刷

定　　价： 45.00元

译者序
‖ 欢迎来到弗雷德里克·布朗的"黄金时代" ‖

你可能没听过弗雷德里克·布朗的名字，但"地球上最后一个男人独自坐在房间里，这时响起了敲门声"这个故事开头你一定耳熟能详。没错，这句话的出处就是弗雷德里克·布朗的短篇小说《敲门》。

弗雷德里克·布朗是一名活跃于20世纪40—60年代的美国科幻作家，这个时代也是美国科幻史上的"黄金时代"，阿西莫夫、海因莱因等著名科幻作家都是在这一时期涌现出来的。与阿西莫夫和海因莱因不同的是，弗雷德里克·布朗的作品以"超短"著称，《敲门》的开头本身就有"世界上最短的科幻小说"之称。以最经典的《敲门》为代表，弗雷德里克·布朗还创作了大量的超短篇科幻小说，诙谐幽默的语言和出其不意的反转式结局令人拍案叫绝。

本书共收录了弗雷德里克·布朗的19篇作品，除《想象》更接近诗歌外，其余均为短篇或超短篇小说。这些小说主要有两大主题：神奇机器（包括时间机器和具有各种神奇功能的机器）

和异种生命（包括外星人、变种人、人造人、超人等）。

《时间终结》《实验》《镜廊》《空中之乱》《埃陶因施杜鲁》《耶胡迪法则》属于第一个主题。前3篇涉及了时间机器。如果时间倒流会怎样？遇到时间悖论会怎样？时间机器的运作原理和我们预想中的不同会怎样？弗雷德里克·布朗在这3篇小说中对这些问题进行了设想，篇幅虽短，却对后来的科幻作家产生了深远的影响。我国科幻作家刘慈欣的《坍缩》和日本科幻作家广濑正的《负零》中都能找到它们的影子。

后3篇小说则是关于3种其他机器的。《空中之乱》把克苏鲁式的神秘和卡夫卡式的荒诞很好地结合在了一起，在一步步为我们揭开"恒星偏移"秘密的同时，以讽刺的手法反映了商业广告泛滥的时代特征。《埃陶因施杜鲁》向我们展示了一款已经被计算机取代的排版机器——莱诺铸排机的魅力。这种极具蒸汽朋克感的大型机器一旦拥有了自我意识，会发生什么呢？最后的《耶胡迪法则》则是提到了一种作者虚构出来的机器——一条可以帮人完成烦琐工作的头带。身为作家的主人公在它的帮助下写出了一个故事，然而故事的内容却让人毛骨悚然……作者的嗜酒和爱用谐音梗玩文字游戏的癖好也在这篇小说中得到了体现。

另有12篇小说则属于第二个主题。其中《地球人的礼物》《终局未至》《榜样》《哨兵》《木偶戏》《敲门》《太空鼠》《竞技场》讲的是人类与外星人或直接或间接的第一次接触。弗雷德里克·布朗热衷于构想各种各样的第一次接触。他笔下的外星人大多比人类聪明，拥有人类尚不具备的能力或技术，却偶尔会在某些小事上显得愚蠢而滑稽。

《喜马拉雅雪人》中的雪人虽然不是外星人，但对于人类来说依然是一种未知的智慧生命，第一次接触他们的主人公付出了惨痛的代价。《回答》《杰西》和《走向疯狂》这 3 篇小说都暗示了某种超人力量的存在，在这些力量面前，人类的一切努力都毫无意义。然而最讽刺的是，这种超人的力量往往正是诞生于人类自己之手。

《想象》是本书中最为特殊的一篇作品，它的文体更接近散文诗而非小说，也是本书中我个人最喜欢的一篇。为什么科幻作品会比奇幻作品多一分独有的惊奇和震撼？为什么有人说"现实比科幻更科幻"？这篇小诗会告诉你答案。

好了，现在就请你翻开下一页，领略属于弗雷德里克·布朗的"黄金时代"吧！

田田

2023 年 10 月 30 日

目录
c o n t e n t s

敲门

有一个短小精悍的恐怖故事，一共只有两句话：

"地球上最后一个男人独自坐在房间里，这时响起了敲门声……"

两句话的末尾是表示省略的6个点。当然，这个故事的恐怖之处并不在于这两句话本身，而在于最后的那6个点。它们暗示着一个问题：是谁在敲门？

面对未知的时候，人总是会感到一种莫名的恐惧。但其实，这个故事一点也不恐怖。

地球上最后一个男人——或者说宇宙中最后一个男人——独自坐在房间里。那个房间很奇怪。他刚刚察觉到这一点，并针对它的奇怪之处进行了一番推测，最后得出的结论并没有吓到他，反而惹怒了他。

沃尔特·费伦并不是一个很容易被吓到的人，他曾是内森大学的人类学副教授——直到内森大学在两天前灰飞烟灭为止。当然，他也并不是什么英雄人物，从各种意义上来说都不是。他身材矮小，性格随和，长得很不起眼——他自己也深知这一点。

不过现在，他倒是不怎么担心自己的外表。更确切地说，此刻他的内心毫无波澜，只是茫然地领悟到一个事实：两天前，所有人类仅在一个小时之内就被消灭殆尽，只剩下他和一个不知身在何处的女人——地球上最后一个女人。但这个事实并没有在沃尔特·费伦的心中激起一丝波澜。他很可能永远也不会见到她，因此不需要把心思放在她身上。

自从玛莎一年半前去世以来，女人就淡出了沃尔特的生活。玛莎的性格有点蛮横，但还是一个好妻子，他还是以一种平静而深沉的方式爱着她。他现在40岁，玛莎去世的时候他38岁。在那之后，他就再也没想过女人的事了。书成了他生活的全部，包括他读的书和他写的书。虽说现在写书可能已经没意义了，但他还可以用余生来读书。

当然，能有个伴儿是很不错的，但他更喜欢独处。或许在一段时间以后，他偶尔会想找个瓒人聊聊天，但这种事目前还是有点难以想象。瓒人的思维对他来说太怪异了，他和他们不可能有共同语言，尽管他们从某种意义上说也是智慧生物。

蚂蚁从某种意义上说也是智慧生物，然而没有人会和蚂蚁建立交流。不知怎么的，他总觉得那些瓒人就像是超级蚂蚁，虽然他们看起来并不像蚂蚁。直觉告诉他，瓒人看人类的感觉，就和人类看蚂蚁的感觉差不多。他们对人类做的事情也正是人类会对蚂蚁做的——只不过他们的做法高效得多。

所幸的是，他们给了他很多的书。当他意识到注定要在这个房间里独自过完余生，便立即向他们提出了这个请求，而他们好心地答应了。余生，用瓒人的话说就是"永远"。

再聪明的头脑也会有其古怪之处，瓒人的头脑显然就很聪明。他们只用几个小时就学会了地球人说的英语，但他们偏要把每一个音节分开来说——呃，我们跑题了。

这时响起了敲门声。

现在你掌握了全部的前情，除了表示省略的那 6 个点。我将补写后面的内容，向你证明这个故事一点也不恐怖。

沃尔特·费伦高声说了句"请进"，接着门就被打开了。当然，门外只有一个瓒人。他看上去和其他瓒人十分相像，沃尔特还没找到区分他们的方法。他大约 4 英尺高，长得不像地球上的任何一种生物。当然，是瓒人到来之前的地球。

"你好，乔治。"沃尔特说。发现瓒人都没有名字之后，他就决定管他们都叫乔治，而他们似乎并不介意。

"你，好，沃，尔，特。"那个瓒人说。先敲门再问好是他们的惯例，沃尔特耐心等待着他接下来的发言。

"第，一，"瓒人说，"今后，请把，椅子，转向，另一边，坐。"

沃尔特说："我猜到了，乔治，那面白墙其实从外边看是透明的，对吗？"

"是，透明，的。"

"看来我猜对了。我在一个动物园里，对吗？"

"对。"

沃尔特叹了口气，"我就知道！那面白墙边上没有放任何家具，材质也和其他几面墙不太一样。如果我就要背对着它坐会怎么样？你们会杀了我吗？那我可求之不得。"

"我们，会拿走，你的书。"

"算你狠，乔治。好吧，我坐着看书的时候会面朝另一边。除了我之外，你们这个动物园里还有多少动物？"

"216，只。"

沃尔特摇了摇头，"不够啊，乔治。哪怕是一个小动物园里的动物都比这个多……我是说，如果还有哪个小动物园存在的话。你们是随机挑选的物种吗？"

"是的，随机，挑的。全部的，物种，太多了。雄性，和雌性，各挑了，108，种。"

"你们给它们吃什么？我是说那些肉食动物。"

"我们，会做，合成肉。"

"还挺聪明，"沃尔特说，"那植物呢？你们也收集了植物样本吗？"

"植物，没有受到，振动波，的影响。都还在，正常，生长。"

"植物真幸运，"沃尔特说，"你们对植物可比对动物仁慈多了！对了，乔治，你刚才提到了'第一'，所以我猜还有个'第二'等着我，那是什么？"

"一件，我们，不明白，的事。两只，动物，睡着后，就没再，醒来。而且还，变凉了。"

"最好的动物园里也会发生这种事，乔治。"沃尔特·费伦说，"或许它们并没有什么问题，只是死了而已。"

"死，了？那就是，停止了。可是，没有人，把它们，停掉。它们是，自己，待在，房间里的。"

沃尔特打量着那个瓒人，说："乔治，你是说，你不知道什么是自然死亡？"

"死，就是，一个活物，被杀了。停止了，存活。"

沃尔特·费伦的眼里闪过了一道光，"你多大了，乔治？"他问。

"16。你，可能，不知道，这个词，的意思。它相当于，你的，星球，绕着太阳，转7000圈。我还，很年轻。"

沃尔特轻轻吹了声口哨，"真是个'小宝宝'！"他说。他沉思了片刻，接着说道："你需要学习一些有关这颗星球的知识。我们这儿有一个你们那里没有的家伙，他是一个留着胡子的老人，手里拿着一把大镰刀和一个沙漏。你们的振动波没能杀掉他。"

"他，是，谁？"

"他叫死神，乔治，死亡之神。我们的人和动物会一直活到有人——也就是死神——把他们'停掉'。"

"是他，停掉了，那两只，动物？他还会，停掉，更多的，动物吗？"

沃尔特张开嘴刚要回答，却又闭上了。因为从语气判断，那个瓒人现在应该正眉头紧锁——如果他有一张可以眉头紧锁的脸的话。

"能不能带我去看看那些睡不醒的动物？"沃尔特问，"这违反规定吗？"

"来，吧。"瓒人说。

此时正值第二天的下午。第三天一早，几个瓒人一起来到了沃尔特·费伦的房间，开始搬他的书和家具。所有的东西都搬走以后，他们也带走了沃尔特。沃尔特被带到了100码之外的一个更大的房间里。

他坐了下来，像之前一样耐心等待着。当敲门声响起时，他已经猜到了会发生什么，于是彬彬有礼地站了起来。一个瓒人打开门后站到了一边，一个女人走了进来。

沃尔特浅浅地鞠了一躬。"沃尔特·费伦，"他说，"乔治可能没告诉过你我的名字。他们已经尽可能地讲礼貌了，但还是没弄懂我们全部的礼节。"

他很高兴地注意到，那个女人看起来很冷静。她说："我叫格雷斯·埃文斯，费伦先生。这到底是怎么回事？他们为什么要把我带到这儿来？"

她说话的时候，沃尔特一直在观察她。她的个子和他差不多高，体形匀称，看上去30岁出头，正好和玛莎相仿。她显得沉着而自信，这也是他最喜欢玛莎的地方，尽管他的性格与之截然相反。除此之外，他还觉得她长得有点像玛莎。

"我知道他们为什么要把你带到这儿来。不过，让我们先往回倒一下，"他说，"你知道之前发生了什么吗？"

"你是指他们杀了所有人？"

"没错，请坐吧。你知道他们是怎么做到的吗？"

她坐进了身边一把舒适的椅子里。

"不，"她说，"我不知道他们是怎么做到的。但这并不重要，对吗？"

"不是很重要，但我知道是怎么回事——我通过和他们中的一个人对话了解了一些信息，然后拼凑出了整件事的来龙去脉。他们的数量并不多——至少在这里不多。我不知道他们在故乡是一个数目多么庞大的种族，也不知道他们的故乡究竟是哪儿，不过我猜应该是在太阳系外。你看到他们坐的那艘宇宙飞船了吗？"

"看到了，大得像一座山！"

"确实很像。他们能够通过某种设备发射一种振动波——他们叫它'振动波'，但用我们的话说，我想那应该是一种更接近无线电波的波，而不是像声波那样因物体振动而产生的波。这种波消灭了所有的动物，而飞船本身则可以屏蔽掉它。我不知道振动波的覆盖范围有多大，他们可能是一下子就消灭了地球上的所有动物，也可能是开着振动波发射器绕地球飞了好几圈。但总之，振动波在很短的时间内杀死了所有的人和动物，我希望他们死的时候没有痛苦。我们和这个动物园里的其他两百多只动物之所以没有死，是因为我们当时待在飞船里——我们被选作样本了！你知道这里是个动物园吧？"

"我……这么怀疑过。"

"前面那面墙从外边看是透明的。瓒人很擅长布置这些小房间，让它近似于每种生物在大自然中的栖息地。我们所在的这种小房间是用塑料制成的，他们有台机器，可以在10分钟内建造出一个房间。要是地球上也有那种机器和建造流程，就不会存在住房短缺的问题了。好吧，至少现在确实没有住房短缺的问题了。而且我想，人类——具体来说就是你和我——再也不用担心原子弹和下一场战争了。这么看来，瓒人确实为我们解决了很多问题。"

格雷斯·埃文斯无力地笑了笑，"又一个'手术很成功但患者已去世'的典型案例，他们把事情搞得一团糟。你还记得被抓起来的经过吗？我不记得。那天晚上我像往常一样在睡觉，醒来后就已经在飞船上的笼子里了。"

"我也不记得，"沃尔特说，"我猜他们可能是先用低强度的振动波让我们失去了意识，然后四处巡逻，随机挑选要放进动物园的样本。等他们挑够了，或者挑得飞船装不下了，就把振动波开到最强，于是这一切就发生了。直到昨天，他们才意识到自己犯了一个错误，那就是没有充分地了解我们。他们以为我们能长生不老，像他们一样。"

"我们……什么？"

"他们可以被杀死，却不知道什么是自然死亡——至少昨天以前还不知道。昨天，我们的两个'同胞'死了。"

"两个……天哪！"

"是的，两个这个动物园里的动物——一条蛇和一只鸭子，这两个物种就要永远地灭绝了。以瓒人计算时间的方法来看，两个物种剩下的那个样本只能再活短短几分钟，而他们本以为这些样本是永生的。"

"你是说，他们没有意识到我们是多么短命的生物？"

"对，"沃尔特说，"他们中的一个告诉我说，他已经活了7000年，却还算是年轻的。另外，他们是双性人，很可能每一万年左右繁殖一次。昨天，当他们得知我们这些地球动物的寿命短得多么离谱后，他们的内心肯定受到了极大的震撼——如果他们有内心的话。不管怎样，他们最终决定对这个动物园进行整改，让动物们两两一组生活，而不是独自生活。他们认为这样能让我们的物种存续得更久一点。"

"噢！"格雷斯·埃文斯站了起来，脸上因为羞臊而泛起了红晕，"如果你想……如果他们想……"她说着转向了门口。

"门应该已经锁了。"沃尔特·费伦平静地说，"别担心，可能他们想那样，但我并不想。你甚至不用说出那句'就算你是地球上最后一个男人我也不要你'的话，这个情节已经老掉牙了。"

"但他们还是要把我们关在这个小房间里？"

"这里并不是很小，我们能住得下，这些柔软的椅子可以让我睡得很舒服。不要以为我还心存侥幸，亲爱的。抛开个人情感不谈，我们能为人类做的最后一件事，就是让一切结束在我们手里，而不是让人类继续在动物园里被展出。"

她用几乎听不见的音量说了声"谢谢"，脸上的红晕渐渐褪去了。

然而，她的眼里还残留着一丝愤怒。沃尔特知道她的愤怒不是针对他的。当怒火在她的眼中燃烧时，他觉得她看起来更像玛莎了。

他微笑着对她说："还有……"

她突然从椅子上站了起来。有那么一瞬间，他几乎以为她要走过来扇他一耳光。但紧接着她又无力地坐了回去。"你要是个男人的话，就该想想办法，把……你说过他们可以被杀死，对吧？"她艰难地说。

"那些瓒人吗？对，当然。我一直在研究他们，虽然他们看起来和我们完全不同，但我想，他们的新陈代谢功能应该和我们一样，他们也有类似于我们的循环系统，可能还有类似的消化系统。任何能杀死我们的东西应该也能杀死他们。"

"可是你说……"

"当然了，他们也有不同于我们的地方。人类会在某些因素的作用下衰老，但他们不会。也可能是他们有某种人类没有的腺体，可以促使细胞再生。"

这时她已经把愤怒抛在了脑后，热切地凑过来说："我想你是对的！另外，我认为他们感觉不到疼痛。"

"我也希望如此。你为什么会这么想，亲爱的？"

"我从我房间的桌子里找到了一根铁丝，就用它拦在了门口，想把监管我的那个瓒人绊倒。他后来果然被绊倒了，还被铁丝划破了腿。"

"他的血也是红色的吗？"

"是的，但流血对他好像没什么影响。他没有对我发火，甚至没有提起这件事。几个小时后他再过来的时候，腿上的伤口竟已经消失了——或者说几乎消失了，只留下了一道浅浅的痕迹。所以我才能认出他就是之前的那个瓒人。"

沃尔特·费伦缓缓地点了点头。

"他当然不会生气，"他说，"他们是没有感情的生物。或许就算我们杀死一个瓒人，他们也不会惩罚我们。但这么做也没什么好处，他们会改用活板门给我们送吃的，就像人类对待动物园里咬死过饲养员的动物那样，他们只想保证不再有饲养员受伤。"

"他们一共有多少人？"她问。

"我估计那艘特殊的飞船上有 200 个左右，但毫无疑问，他们在故乡还有更多的同胞。我猜那艘船送来的是一支先遣部队，他们负责清理这颗星球并确保安全，然后更多的瓒人才会过来。"

"那他们干得可真不错……"

这时又响起了敲门声。沃尔特·费伦高声说道："请进。"

一个瓒人出现在了门口。

"你好，乔治。"沃尔特说。

"你，好，沃，尔，特。"那个瓒人说。

他可能还是之前的那个瓒人，也可能不是，但他总是会遵循惯例敲门问好。

"你想干什么？"沃尔特问。

"又一只，动物，睡着后，没有醒。它很小，毛很多，叫鼬鼠。"

沃尔特耸了耸肩。

"这是正常现象，乔治，我告诉过你死神的事。"

"更不好，的是，一个瓒人，死了。就在，今天，早上。"

"这有什么不好？"沃尔特面无表情地看着他说，"听我说，乔治，如果你坚持留在这里，你就得习惯这种事。"

瓒人站在原地，陷入了沉默。

最后，沃尔特说："还有什么事吗？"

"关于，那只，鼬鼠，你的建议，和上次，一样？"

沃尔特又耸了耸肩，说："虽然可能没什么用，但是是的，和上次一样。"

那个瓒人离开了。

沃尔特听着他的脚步声逐渐远去，脸上浮现出了笑容。

"可能成功了，玛莎。"他说。

"玛……我叫格雷斯，费伦先生。什么可能成功了？"

"叫我沃尔特，格雷斯，你可能也还需要适应一下。你知道吗，格雷斯？你的很多地方让我想起了玛莎。她是我的妻子，在一年半前去世了。"

"请节哀……"格雷斯说，"但是什么成功了？你和那个瓒人说的话是什么意思？"

"我们明天就会见分晓。"沃尔特说。她没能再从他的嘴里问出一句话。

这是瓒人待在地球上的第四天。

也是倒数第二天。

次日快到中午的时候，一个瓒人来到了沃尔特他们的房间。遵照惯例敲门问好以后，他站在门口一动不动，看起来比以往更加怪异了。向你描述他的样子肯定会很有趣，但可惜我找不到合适的词汇。

他说："我们，要走了。我们，开会，决定的。"

"你们又死了一个同胞？"

"昨天，晚上，死的。这是，一颗，死亡的，星球。"

沃尔特点了点头说："你们也做了一定的贡献——让几十亿只

动物中的 213 只活了下来。走了就别急着回来。"

"我们，还能，为你们，做些什么，吗？"

"快点走。还有，把我们的门锁打开，其他动物的不用，我们会照顾好它们的。"

门发出了"咔嗒"一声，随后瓒人便离开了。

格雷斯·埃文斯这时已经站了起来，两眼放光。

"什么？！你是怎么做到的？"她问。

"再等等，"沃尔特提醒她，"让我们听听他们起飞的声音，我想记住那个声音。"

几分钟后，飞船的起飞声传了过来。沃尔特·费伦这才意识到自己全身的肌肉是多么紧绷，于是在椅子里舒展了一下身体。

"伊甸园里也有一条蛇，格雷斯，它把我们带入了泥潭。"他沉吟道，"但这条蛇弥补了它的过错。我是指伊甸园那条蛇的同胞——前天死掉的那条蛇。那是一条响尾蛇。"

"你是说它杀死了那两个瓒人？可是……"

沃尔特点了点头，"他们对这里一无所知。他们带我去看第一只'一睡不醒'的动物的时候，我就发现那是一条响尾蛇。于是我有了个主意，格雷斯。我想——仅仅是可能，有毒生物是地球上独有的产物，瓒人并不知道它们的存在。同样，也仅仅是可能，瓒人的新陈代谢功能可能和我们极其相似，对我们来说有毒的东西也能杀死他们。不管怎么说，我已经没有什么可失去的了，所以只好孤注一掷。结果证明，所有的'可能'都是真的。"

"你是怎么让蛇……"

沃尔特·费伦笑了。他说："我告诉了他们什么是爱——他们并不懂爱。我发现他们很想让那些仅剩一个样本的物种存续得久一些，好让他们做更多的观察和记录。于是我告诉他们说，这些动物很快就要因孤独而死了，除非得到爱和持续的抚摸。我用一只鸭子向他们展示了抚摸的手法，还好那只鸭子很温顺。我把它抱在胸前摸了一会儿，然后递给他们摸。他们下一个摸的就是响尾蛇……"

他站起来伸了个懒腰，然后以更舒服的姿势坐在了椅子上。

"好了，现在我们有整个世界要去规划。"他说，"为了让这些动物离开它们的'诺亚方舟'，我们得做一些思考和决策。我们可以立刻放走那些食草的野生动物，但家畜最好还是留在这里由我们饲养——我们会需要它们的。至于肉食动物……好吧，恐怕它们还不能被放出来。"

说到这里，他看向了她。"然后就是人类。我们必须做出决定，一个非常重要的决定。"

她的脸又变得有些潮红，就像昨天一样。她僵硬地坐在椅子上说："不！"

但他似乎没有听见她的话。"这是一场精彩的生存竞逐，尽管瓒人和人类都没有获胜。"他说，"现在，人类文明即将重启，在恢复生机之前，它可能会暂时倒退回原始阶段。但我们可以为人类收集一些书籍，最大限度地保护好人类的知识，尤其是那些最重要的部分。我们还可以……"

他停了下来，因为她突然站起身朝门口走了过去。这很像是玛莎会做的事情，他想。他回忆起了结婚之前自己追求玛莎的那段日子。

"请你好好考虑一下，亲爱的，不用着急。但是一定要记得回来。"他说。

门"砰"的一声关上了。他坐在原处等待，思考着所有接下来要做的事情。好在，他现在有的是时间去做。过了一会儿，他听见她迟疑的脚步声在门口响起。

他微微扬起了嘴角。

你看，这个故事真的一点也不恐怖。

地球上最后一个男人独自坐在房间里，这时响起了敲门声……

镜廊

一瞬间，你怀疑自己患了暂时性失明，因为黑暗是在一个阳光明媚的下午突然降临的。

肯定是失明了，你想。刚才还照耀着你的太阳怎么可能突然消失，让你陷入一片漆黑呢？

你从体感上得知自己是站着的。然而就在一秒钟前，你还慵懒地半躺在一张帆布椅上。你身在比弗利山庄的一个好友家的庭院里，正在和你的未婚妻芭芭拉聊天。你看着芭芭拉——她穿着泳装，皮肤在明媚的阳光下闪着金辉，唯美动人。

你穿着泳裤，可你现在感觉不到它的存在，松紧带的微压已经从你的腰部消失了。你伸手摸了摸屁股，发现自己光着身子，而且确实是站着的。

事情已经不仅仅是阳光突然消失，或者暂时性失明那么简单了。

你伸出双手向前摸索，触碰到了一个光滑的平面——一面墙。你的双手伸向两侧，每只手都摸到了一个拐角。你缓缓转身，前方依次出现了第二面墙、第三面墙，最后是一扇门——你身在一个约 4 英尺见方的衣柜里。

你摸到了门把手，旋转它后推开了门。

现在有光了，门外是一个明亮的房间——一个你从没见过的房间。

它不大，但布置得很温馨，尽管那些家具的风格让你感觉很陌生。

出于礼貌，你小心翼翼地把门完全打开，却发现房间里空无一人。

你走进房间，转身看向背后的衣柜，它现在已经被房间里的灯光照亮了。它其实并不是衣柜，只是尺寸和形状很像而已。它里面什么都没有，既没有挂衣服用的钩子和杆子，也没有任何隔板，只有一块4英尺见方的空间和4面白墙。

你关上它的门，站在原地环顾整个房间。这个房间大约16英尺长，12英尺宽，有一扇紧闭的房门，但没有窗户。房间里一共有5件家具，其中的4件是你能认出来的。一件是看上去相当实用的写字台；一件很明显是一把椅子——看起来很舒服的椅子；一张餐桌——它的桌面有好几层，而不只是一层；还有一张床——或者说一张长沙发，上面放着一个闪闪发亮的东西。你走过去拿起那个闪闪发亮的东西查看，发现那是一件长袍。

你此刻还光着身子，于是穿上了那件长袍。一双拖鞋从床（或者长沙发）的底下露出了一半，你穿上试了试，发现很合脚。拖鞋的脚感温暖又舒适，你从来没穿过这么舒服的鞋，它踩上去有点像羊羔毛，但比那还要柔软。

现在你不再是赤身裸体了。你看向了那扇门——这个房间唯一的门，除了你走进房间时的那个衣柜（衣柜？）的门以外。你来到门前，准备转动把手。就在这时，你发现门上贴着一张打印出来的小字条，上面写着：

这扇门设有定时锁，一小时后才能打开。你很快就会知道这是为什么，但在那之前，你最好不要离开这个房间。写字台上有一封写给你的信，请你读读看。

字条上没有署名。你看了看写字台，发现上面确实放着一个信封。

你没有立刻去读写字台上那个信封里的信。为什么？因为你害怕。

你看了看房间里的其他陈设，发现哪里也找不到光源——光却无处不在。这里用的不是反射照明，因为天花板和墙壁根本就不反光。

你以前生活的那个时代没有这种照明方式。什么叫"以前生活的那个时代"？

你闭上双眼，对自己说：我是诺曼·黑斯廷斯，南加州大学数学系的一名副教授。我 25 岁，现在是 1954 年。

你睁开眼睛再次环顾四周。

洛杉矶没有这种风格的家具，或者说，据你所知，1954 年的任何地方都没有这种风格的家具。你甚至不知道角落里的那件家具是什么。如果你的祖父在像你这么大的时候看到一台电视机，说不定也是这种感受。

你低下头，看了看身上那件刚才找到的闪闪发亮的长袍，用拇指和食指感受着它的质地。

你从来没有摸过这样的面料。

我是诺曼·黑斯廷斯，现在是 1954 年……

突然间，你认为自己必须知道真相，立刻马上。

你走到写字台前拿起了上面的信封，发现信封上打印着你的名字：

诺曼·黑斯廷斯。

拆开信封的时候，你的双手一直在微微颤抖。你会责怪它们吗？

信封里有好几页纸，上面全是打印出来的字迹。亲爱的诺曼——信的开头这样写道。你立刻翻到最后一页查看落款，但写信者并没有署名。

你翻回第一页，从头开始读。

　　别怕，没什么可怕的，只是有太多的事情需要解释。在定时锁让那扇门打开之前，你必须了解很多情况，然后接受它们，并且听从命运的安排。

　　你应该已经猜到了你身在未来。对现在的你来说，这里的确像是未来。那件衣服和这个房间已经向你展示了这一点。这些都是我的安排，为了让你不会受到太突然的惊吓。你会花上几分钟的时间自己领悟这个事实，而不是在这里读到它——那样你很可能不会相信我的话。

　　正如你猜的那样，你刚才走出的那个"衣柜"是一台时间机器。你通过它来到了 2004 年的世界。今天是 4 月 7 日，距离你记忆中的上一个时间刚好过去了 50 年。

　　你回不去了。

　　是我对你做的这一切。我不知道你会不会因此憎恨我，总之，决定权在你。然而这并不重要，真正重要的是你要做出另一个决定，一个不仅仅关乎个人利益的决定。我是没法替你做这个决定的。

是谁在给你写这封信？我现在还不能告诉你。我也不需要告诉你，因为即使没有署名（我知道你会先看落款的位置），你读完这封信后也会知道我是谁。

我75岁了。到2004年为止，我已经研究"时间"这个东西30年了。我制造出了世界上第一台时间机器——截至目前，它的制造和已经制造完成的事实，我都还没有对外公开。

你刚刚参与了这台机器的首次重大实验。你需要肩负起一项重任，那就是决定是否要用它进行更多的实验，以及判断是应该向全世界公开，还是把它销毁不再使用。

第一页上的内容到此结束。你抬起头犹豫了一会儿，不知道该不该翻到下一页。你已经预感到了接下来会读到什么。

你翻到了下一页。

我在一周前制造出了第一台时间机器。计算结果表明它可以运转，但我不知道它具体会如何运转。我本以为它能把一个东西送回过去——这台机器只能回到过去，不能前往未来——而不改变其原本的物理性质和状态。

然而第一次实验就证明我想错了。我把一个金属块放进机器——一台比你刚才走出来的那台小一些的初代机，然后把时间设置为10年前，按下了开关。打开门后，我本以为那个金属块会消失，却没想到它碎成了一堆矿渣。

我又往机器里放了另一个金属块，把时间设为两年前。第二个金属块出来时没有任何变化，只是显得更新、更有光泽了。

这让我心里有了答案。我本以为金属块会回到过去——它们也确实回到了过去，可不是以我想象的那种方式。那些金属块大约是在 3 年前铸造而成的，我把第一个金属块送到了它还没被铸造出来的时候——10 年前它还只是一堆矿渣，机器让它回到了当时的状态。

　　你看出我们此前有关时间旅行的理论错在哪里了吗？我们本以为可以在 2004 年走进时间机器，把时间设置为 50 年前，然后从 1954 年走出来……但实际上并不是这么回事。机器本身不会在时间中移动，只有机器里面的东西会受到影响，而且只会相对于自身回到过去，宇宙的其余部分不会跟着发生改变。

　　我用豚鼠证实了这个猜测。我把一只 6 周大的豚鼠送回到 5 周前，它果然变成了一只刚刚出生的小豚鼠。

　　我的全部实验就不必在这里赘述了，你会在写字台里找到一份实验记录，过后再仔细研究。

　　现在，你明白自己身上发生什么了吗，诺曼？

你渐渐明白了，身上冒出了冷汗。

信中的"我"就是正在读这封信的你，只不过是 2004 年时已 75 岁的你。你就是那个 75 岁的老人，你让自己的身体回到了 50 年前，同时让 50 年来的所有记忆消散一空。

你就是发明时间机器的人。

在把你的发明用于自身之前，你做了很多准备，来帮助自己适应过去的身体。你给自己写了一封信，也就是现在你读的这封。

如果说 50 年的时间对你而言已经消散一空，那么，你所有的朋友和关心的人都怎么样了呢？你的父母和那个你要——曾经要娶的女孩呢？

你接着往下读：

> 是的，你会想知道这50年里发生了什么。妈妈是1963年过世的，爸爸是1968年。你在1956年的时候和芭芭拉结了婚，但我只能很遗憾地告诉你，她在3年后死于一场空难。你有一个儿子，他还活着，名叫沃尔特，今年46岁，在堪萨斯城当会计。

泪水盈满了你的眼眶，让你一时间无法继续往下读。芭芭拉死了，已经死了45年了！然而就在"几分钟前"，你还坐在她的身边，在比弗利山庄一个阳光明媚的庭院里……

你压抑住悲伤的情绪，开始继续阅读。

> 说回到我们的这项发明上。你应该已经可以想见它可能会造成哪些影响了。你需要花上一段时间去思考，把所有的可能性都考虑在内。
>
> 虽然它不能实现我们想要的那种时间旅行，却从某种意义上给了我们永生的机会。我暂时让我们享有了这种永生。
>
> 它感觉怎么样？用一生中50年的记忆，换回自己年轻时的身体，这究竟值不值得？只有一个方法能让我找到答案，那就是亲自试一试——在我写完这封信，并做好其他的准备工作之后。
>
> 你会知道答案的。
>
> 在做出最终的决定之前，请记住你还面临着另一个问题。这个问题比精神上的问题更严重，就是人口爆炸。
>
> 如果我们的发明被应用在全世界，所有衰老或即将死去的人

都让自己返老还童，那么每一代人的人口数量将会成倍地增加。

如果我们在 2004 年的今天就公开这项发明，一代人之内必然会出现饥荒、痛苦和战争。也许整个文明都会因此而轰然崩溃。

是的，我们已经到达过别的行星，但它们并不适合移民。其他的恒星系或许是我们的希望，但我们距离它们还有很长的路要走。有朝一日，当我们到达了那些星系，肯定能找到数十亿颗宜居行星，作为我们的新家园。不过在那之前，我们该何去何从？

销毁时间机器？但请你想想有多少生灵可以被它拯救，有多少痛苦可以被它带走，想想它对于一个即将死于癌症的人来说是多么重要，想想……

你读完了信，把它放在了桌上。

你再一次想到芭芭拉已经死了 45 年。你和她共度了 3 年的婚姻时光，可现在，你已经永远失去了那些时光。

你永远失去了 50 年的时光。你痛恨那个 75 岁的老头子，是你长成了他，然后对你做了这一切——还让你来做这个决定！

你痛苦地意识到最终的决定只能是什么，而他应该也已经猜到了，所以才敢放手让你来做决定。该死，他早就知道！

毁了太可惜，公开又太危险。很遗憾，剩下的那个选项已经不言而喻了。

你必须成为这项发明的守护者，保守住它的秘密，直到外面的世界足够安全，到达可以将它公布于众的那一天。那时，人类要么已经扩张到了其他的恒星系，有了新的家园可供移民；要么就是已经达到了高度文明的阶段，可以根据意外死亡或自愿死亡的人口控制规定，来避免人口爆炸。

如果以上两件事都没有在接下来的 50 年里发生（它们看起来有可能发生吗？），你就要在 75 岁的时候写下另一封这样的信。你会再经历一次和现在相似的体验，然后——当然，你会做出同样的决定。

　　为什么不这么做呢？反正你还会是同一个人。

　　你会一次又一次地变回同一个人，去守护这个秘密，直到人类做好了接受它的准备。

　　你还会像这样坐在写字台前多少次？多少次想着这些你正在想的问题，感受着你现在感受着的悲伤？

　　门发出了"咔嗒"一声，你知道是定时锁打开了。你现在自由了，可以离开这个房间，开始一段新的生活，用它顶替掉那段你已经活过却又失去了的生活。

　　但现在你并不急着走出那扇门。

　　你坐在那里，茫然地盯着前方。你仿佛看到了两面相对而放的镜子，就像那些老式发廊里的镜子一样。你的身影在两面镜子之间一次又一次地反射，越来越小，逐渐消失在了镜廊的远处。

竞技场

卡森睁开眼睛，发现自己正仰望着一片闪烁的幽蓝。

空气很热，他躺在沙地里，后背被沙子里的一块石头硌得生疼。他向一侧翻身，躲开了那块石头，然后双手撑地坐了起来。

"我疯了，"他想，"不是疯了就是死了。"这里的沙子是蓝色的，而且是很鲜亮的蓝色。地球上不可能有这么蓝的沙子，其他的行星上更不可能有。蓝色的沙子上方是蓝色的穹顶，但那既非天空也非屋顶，只是一个限制他的活动范围的边界——他不知为何深谙这一点。尽管望不到顶端，他依然确信这是一个有限的空间。

他抓起一把沙子，让它们从指缝间流下，落在裸露的腿上。

裸露的？

他这才发现自己一丝不挂，身体由于极度的炎热而汗津津的，所有接触过沙子的地方都粘上了蓝色的沙子，没有粘沙子的地方露出了白色的皮肤。

他想："这些沙子真的是蓝色的。如果它们是因为被蓝光照射而呈现出蓝色，那么我的皮肤就也应该是蓝色的。现在我的皮肤是白色的，这就说明沙子真的是蓝色的！蓝色的沙子……世界上不会有蓝色的沙子，没有任何一个地方会是这个样子！"

汗水流进了他的眼睛。他感觉很热,比地狱还热。然而就算是过去人们口中的地狱,主色调也应该是红色,而不是蓝色。可如果这里不是地狱,又会是哪里呢?几大行星之中,只有水星会这么热,但这里不可能是水星,水星有40亿英里远呢!距离……距离什么地方?

他终于想起来了。刚才,他正开着一艘小型单人侦察舰,在距离地球舰队几百万英里的冥王星轨道外侧执行侦察任务。远方的地球舰队正在排兵布阵,准备迎击外敌。

就在外敌——外星人的飞船——进入他的探测器视野的那一刻,一阵刺耳的警报铃声突然响起。

没有人知道那些外星人到底是谁、长什么样子、来自多么遥远的星系,地球人唯一知道的就是他们大概来自昂星团的方向。

起初,只是几处地球人的殖民地和前哨站遭到了袭击,地球巡逻队和外星人的船队之间爆发了几场小型战役。地球一方有赢有输,但从未成功俘虏过外星人的飞船,也没有任何一位殖民地居民在袭击中活下来,去描述那些走出飞船的外星人的样子——如果他们真的走出过飞船的话。

外星人带来的威胁并不算大,毕竟他们的袭击次数不多,破坏性也不是很强。在一对一的情况下,外星飞船的火力甚至稍逊于最好的地球战斗机,只是在速度和机动性上略胜一筹。除非被包围,否则他们有足够的时间去选择逃跑还是冲锋。

即便如此,地球人还是为最坏的情况做好了准备。他们打造出了有史以来最强大的舰队,已为应对眼下的状况准备多时。现在,一决胜负的时刻终于要来了。

一些200亿英里外的探测器监测到大规模的外星舰队正在逼

近——这些探测器将不再返回，但它们依然能够传回无线电信息。因而此刻，由一万艘飞船和 50 万名太空军组成的地球舰队已经在冥王星轨道外严阵以待，随时准备着拦截外星飞船，与外星人决一死战。

从外星舰队的规模和战力来看，这将是一场势均力敌的战斗——远方前哨站上的士兵以他们的生命为代价发来了这条预警。

在太阳系的霸权争夺战中，众生平等，每一个竞争者都拥有均等的机会。对于有赖于外星人的仁慈才得以幸存的地球土著和各大行星上的地球殖民者来说，眼下这场战争是他们最后的也是唯一的机会——哦，对！鲍勃·卡森现在想起来了。他想起了那阵刺耳的铃声，还有自己跃向控制台的情景。当他手忙脚乱地用安全带把自己绑在座位上时，看到显示屏中的亮点正在逐渐变大。他感到口干舌燥，痛苦地意识到最后的时刻已经来临——至少对他来说是这样。

敌人的主力舰队还没有进入视野。他头一次感受到了战争的紧张。在不到 3 秒甚至更短的时间里，他要么用一发炮弹命中敌人，要么被敌人的炮弹炸成灰烬。敌人只需开火一次，他那艘轻装甲的单人侦察舰就会灰飞烟灭。

他做出"一"的口型，全神贯注地操作控制台上的键盘，让显示屏上的那个亮点始终保持在瞄准线的准星处。与此同时，他的右脚悬停在了炮弹的发射踏板上。他必须射出那颗凝聚着罪恶的炮弹，否则就完蛋了——他不会有时间再发射第二颗炮弹。

"二。"他不确定自己是不是真的说出了声。显示屏上的亮点这时已经不是一个点，而是一艘与他的侦察舰大小相仿的快艇，距离他几千英里远。在显示屏的放大作用下，它看起来就像是只有几百码远。

一艘外星飞船，很好！

"三——"他的脚搭在了发射踏板上。

然而这时，外星飞船突然转向，偏离了屏幕上的准星。卡森急忙活动起键盘上的手指，让侦察舰的视野跟随目标转移。

外星飞船仅用十分之一秒就消失在了侦察舰的视野里。操纵侦察舰转向后，卡森又一次看到了它，只不过这次它正在坠向地面。

地面？

这一定是某种错觉。那颗占据了整个显示屏的行星——或者别的什么东西——不可能出现在那里，不可能！离这里最近的行星应该是30亿英里外的海王星，而冥王星则位于因过于遥远而像个小白点的太阳的另一侧。

还有探测器！它们直到现在都没有探测到任何行星尺寸的物体，小行星尺寸的也没有。所以，无论那个东西是什么，它都不可能出现在那里！

然而，他的侦察舰还是向着下方几百英里处的那个东西坠了下去。

对撞击的担忧让他暂时忘记了外星飞船的存在，他打开了侦察舰前方的制动火箭，下坠速度的突然改变让他的身体勒紧了安全带。接着，他将右侧的转向火箭也全部开启，想要让侦察舰紧急转向。他的手一直按在火箭的喷射按钮上，准备用侦察舰的全部余力去对抗落地时的撞击。然而，与此同时，他也会因为加速度的突变而陷入短暂的昏迷。

就这样，他陷入了昏迷。

以上就是到目前为止的全部经过。他现在坐在灼热的蓝色沙地上，浑身赤裸，但没有受伤。周围没有侦察舰的踪影，甚至连天体的踪影也没有。正上方是不知用什么材料做的穹顶，反正不是天空。

他手脚并用地站了起来。

感觉这里的重力比地球上要大一些，但没有大很多。

平坦的沙地向远方延伸开去，上面零散地分布着几丛干巴巴的灌木。那些灌木也是蓝色的，但深浅各不相同，有些比沙子的颜色浅，有些则更深。

一个小东西从离他最近的灌木丛下面钻了出来。它像是一只蜥蜴，只是腿的数量不止 4 条。它也是蓝色的，鲜亮的蓝色。它看了看他，然后又钻回了灌木丛下。

他再一次抬头仰望，想要弄清楚头上的穹顶究竟是什么。准确地说，那并不是建筑物的屋顶，只是穹顶形状的什么东西。他很难去直视那个闪烁的穹顶，但可以肯定的是，它的四周向下弯曲，一直垂落到环绕着他的蓝色沙地上。

他离穹顶中心的正下方不远，他猜测，他所在的位置离最近的墙壁大约有 100 码——如果真的有墙壁存在的话。整个穹顶就像是一个周长 250 码的蓝色半球，倒扣在广阔的沙地上。

这里的所有东西都是蓝的，只有一样例外——远处的弧形墙壁附近有一个红色的东西，形状近似球体，直径大约为一码。由于距离太远，他很难透过闪烁的蓝光看清那个东西的样子。

然而，即便如此，他还是不由自主地战栗了起来。

他用手背擦干了额头上的汗，或者说试图把汗擦干。

这是在做梦吗？一个噩梦？包括这里的炎热、这些沙子，以及他看到那个红球时感到的莫名恐惧。

梦？不，一个人不可能在太空战争的紧要关头酣然入梦。

死亡？不，不可能。即便真的有死后世界，也不可能像这里一样乏味无趣，只有炎热、蓝色的沙子和一个可怖的红球。

接着，他听到了一个声音。

他不是用耳朵听到的，而是用大脑感知到的。那声音无所从来，同时也从处处而来。

"徜徉于多重宇宙与维度之间，"这些话出现在他的脑海中，"我在这个时空里发现了两个种族，它们中的一个即将被消灭，另一个则会因为消灭对方而元气大伤，倒退回它本不该回到的原始阶段，文明不曾繁荣昌盛便腐朽归尘。我绝不会允许这种事发生。"

"你……你是谁？"卡森没有说出声来，而是这个问题自动出现在了他的脑海里。

"你不可能完全理解，我是……"那个声音停顿了一下，像是在从卡森的脑海里寻找一个不存在的词，一个连卡森自己都不知道的词，"一个种族进化的终极形态。我太过古老，无法从你的脑海里找到一个合适的词来描述我的年龄。总之，我是融合了该种族所有个体的唯一存在，我的存在是永恒的。

"你所归属的原始种族也有可能进化成我这样的唯一存在……"又是一阵对用词的寻找，"我是说未来有可能。用你们的话来说，我或许也算是'外星人'。不过，我是来介入这场战争的。这场战争将会使两个种族两败俱伤，同归于尽。而我想让其中的一个活下来，继续发展和进化。"

"一个？"卡森想，"我的还是……"

"我的力量足以阻止这场战争。但就算我把外星人送回了他们的星系，他们迟早还会回来，又或者你的种族迟早都会追到他们那里去。我只有逗留在这个时空，不停地对两个种族进行干预，才能防止其中的一个消灭掉另一个。但我又不能总留在这里。

"所以我现在就要施加干预，让一支舰队全军覆没，而另一支毫发无伤。一个种族的文明会因此得以幸存。"

噩梦，这一定是场噩梦！卡森想。但在内心深处，他知道这并不是梦。

梦里都不可能遇到这么疯狂而匪夷所思的事，这一切只能是现实。

他不敢问出那个问题——哪个种族会活下来？但他的想法出卖了他。

"强者会活下来。"那个声音说，"我不能也不会改变这个注定的结局，仅仅是想通过干预，使强者获得一次完整的胜利，而不是一次……"声音又寻找起了用词，"杀敌一千自损八百的惨胜。"

"我从即将沦为战场的地区外围找来了两个个体，也就是你和那个外星人。我从你的大脑中得知，在你们民族的早期历史中，种族之间通过冠军决斗来解决问题的例子屡见不鲜。

"你和你的对手就是被我抓到这里进行决斗的。你们都全身赤裸，手无寸铁，对这里的环境感到同样的陌生而煎熬。决斗没有时间限制，因为这里根本就没有时间。最后的幸存者就是他们种族的冠军，他的种族将会因为他而存活下来。"

"可是……"卡森很难将他的抗议说出口，但那个声音还是回应了他。

"这是公平的。正如我刚才所说，你们的外部条件完全相同。另外，体力上的偶发性差异也不会对胜负造成决定性的影响，因为这里有一道屏障——你会明白我的意思的。在这场决斗中，智慧和勇气将会比力量更重要。尤其是勇气，也就是对生存的渴望。"

"可是在我们决斗的时候，那边的舰队会……"

"不用担心，你们在另一个时空里。只要你还在这里，你所熟知的那个宇宙里的时间就是静止的。你好像在怀疑这个地方是否真实存在？它既存在也不存在。因为我——以你有限的理解能力来看——既存在也不存在。我的存在是精神上的而非物质上的。你之前把我当成了一颗行星，但实际上我既可以是一粒微尘，也可以是一颗太阳。

"不过，至少对于你来说，这个地方是真实存在的。你在这里经历的一切都是真的，如果你死在这里，你的死也将成为事实。如果你死了，你的失败将使你的种族终结——你只要知道这些就足够了。"

说完，那个声音就消失了。

现在的卡森又是孤单一人了，但他也并不孤单。他抬起头便看到那个可怖的红球——现在他知道那就是所谓的"外星人"——正在向他滚来。

没错，滚来。

那东西似乎没有胳膊和腿，也没有五官，像一滴流动的水银般飞快地滚过了沙地。而在它滚来以前，他就已经以某种人类难以理解的方式感受到了一阵令人作呕的敌意。

卡森发了疯似的四处寻找，最后在几英尺外的沙地上发现了一块石头，这是他眼下能找到的最接近武器的东西了。那块石头不大，但边缘很锋利，像一块燧石——蓝色的燧石。

他捡起那块石头，伏下身子准备迎战。

红球滚来的速度很快，至少比他跑得要快。他根本无暇思考该如何与之决斗，面对一个不知其力量、特性和进攻方式为何的敌人，该怎么去制订一份作战计划呢？飞速滚动的红球现在看起来已经近乎一个完美的球体。

还有 10 码，5 码……这时，它停了下来。

更准确地说，它被挡住了。红球离他较近的一侧变得扁平，像是撞上了一面隐形的墙，紧接着被反弹了回去。

红球再一次向他滚来，但这次似乎更谨慎了。在同样的位置被挡住后，它向旁边滚了几码远，然后又试了一次。

那里有某种屏障。卡森一下子豁然开朗，他想起了把他带到这里来的那个存在说的话——"体力上的偶发性差异也不会对胜负造成决定性的影响，因为这里有一道屏障。"

那应该是某种力场。当然，不是符合地球科学的内特西力场[1]，那种力场会发光、发热，噼啪作响，而这个力场却是隐形且无声的。

屏障从半球形穹顶的一侧延伸到另一侧，卡森不需要亲自去证实这一点，因为那个红球已经在替他验证了——它沿着屏障的边缘滚动，试图从上面找出一个并不存在的裂缝。

卡森向前走了几步，伸出左手触摸那道屏障。它的手感光滑而有弹性，更像是一块橡胶板而不是玻璃板。屏障是温热的，但并没有脚下的沙子那么热。除此之外，它还完全隐形，即使凑近了也看不到任何实体。

他扔掉手里的石头，把两只手都贴在屏障上向前推。屏障似乎稍稍凹进去了一点，但也就仅此而已。就算他使出全身的力气去推，屏障还是只会凹进去那么多，就像一面背后是钢板的橡胶板，一定的弹性下有着无比坚实的支撑。

他踮起脚尖，把手向上伸到他能触及的最高点，可屏障在那里也依然存在。

---

1 | 原文为 Netzian Field，作者虚构的一种力场。

红球此时已经抵达了竞技场的一侧，开始向回滚。卡森又感到了一阵恶心。红球滚到他面前时，他赶忙后退远离了屏障，但红球并没有在他的面前停下。

屏障的下端会不会只到地表？想到这里，卡森跪在地上挖起了沙子。沙土很松软，挖起来并不费力，但就算卡森挖到了两英尺深，那道屏障也依然存在。

红球又开始从竞技场的另一侧向回滚了。显然，它没能在任何一侧找到穿越屏障的路。

一定有方法可以过去，卡森想，否则这场决斗就没有意义了。

红球滚了回来，隔着屏障停在了他的对面，距离他只有大约 6 英尺。它像是正在研究他，尽管他怎么也看不出它有任何器官。它没有眼睛和耳朵，也没有嘴，但卡森在它的身上发现了一些小洞，一共有十多个。两根触手从其中的两个小洞里伸出来，扎进了沙地里，像是在探测沙子的松软程度。触手的直径只有 1 英寸左右，长度约 1.5 英尺。

那些触手可以在小洞里自由伸缩，红球只在必要时才会伸出它们，滚动时则把它们收回。由此可见，红球并不是靠那些触手来实现滚动的。卡森推测，红球应该是能以某种他难以想象的方式灵活地转移重心，因此才能滚动起来。

每当看到那个红球，卡森就会不寒而栗。它是个绝对的异类，不同于地球上的任何生物，也与其他太阳系行星上已发现的生命形式大不相同。他几乎本能地意识到，它的精神构造也和它的身体一样，是完全不同于太阳系生物的。

如果它能把敌意精准地发送到人的大脑里，那么或许它也能读取人的想法。这正是他求之不得的。

卡森故意捡起刚才被他当作武器的那块石头，然后又松开手把它扔掉，同时抬起空空的双手，手掌冲上摆在身前。

他大声把自己的想法说了出来。虽然明知自己的话对于面前的生物来说毫无意义，但这么做可以帮助他把注意力集中在自己的想法上。

"我们就不能和平相处吗？"他说，声音在一片寂静中听起来有些陌生。"那个把我们带到这里的家伙告诉过我们种族大战的后果——一个被消灭，另一个因为元气大伤倒退回原始阶段。那个家伙还说，我们两个种族作战的结果取决于我们在这里的行为。那么，为什么我们不在这里发誓永远互不干涉呢？你们可以回到你们的星系去，我们也老老实实地待在我们的星系。"

卡森让自己的大脑摒除一切杂念，等待着对方的答复。

答复来了，而且让他吓得不轻。一种极强的杀戮欲从红球传来。他被恐惧完全攫住，连着后退了好几步。在很短的一段时间里，他在敌意的巨浪中做着近乎永恒的挣扎，拼尽全力想要赶走那股侵入他大脑的邪念，并又感到了一阵恶心。

渐渐清空了自己的大脑后，他感觉呼吸困难，身体虚弱了很多，幸运的是还能思考。

他站起来观察那个红球。在刚才那场几乎将他击垮的精神对决中，红球始终静止不动。而现在，它向旁边滚了几英尺，来到了离它最近的一丛蓝色灌木前。3根触手从它体表的小洞里伸了出来，开始摆弄那些灌木。

"好吧，"卡森说，"那么就只能动手了。"他勉强挤出了一个微笑。"如果我听懂了你的意思，你应该是对和平没什么兴趣。"他毕竟是一个年轻人，无法克制住让场面更加戏剧化的冲动，于是又加了一句："让我们决一死战吧！"

一片寂静之中，他的声音听起来甚至让他自己都觉得很蠢。他忽然意识到，这里的"决一死战"指的不仅仅是他或那个红球的死，还有二者中一个种族的消亡。如果他输了，人类的命运也将到此为止。

这个想法让他突然感到无力和恐惧。他深知，那个安排了这场决斗的存在对其目的和能力的描述都是真的。人类的未来掌握在他手里，这是一件多么可怕的事！他必须全身心地投入眼前的这场决斗中来。

一定有某种方法能够穿越那道屏障，或者隔着屏障杀掉对方。

用意念？他希望不是这样，因为那个红球显然有着更强大的念力，而人类在这方面还没有取得什么进展。不过，事实真的如此吗？

他刚才成功将红球的意念赶出了大脑，那么，红球也能将他的意念赶出大脑吗？传递意念的能力更强，会不会意味着它在承受意念方面更加敏感而脆弱？

他死死盯着红球，把全部注意力集中在了一个想法上："去死。"他想，"你会死，你正在死去，你……"

他变着花样地想了好几次，甚至脑补出了红球死亡时的画面。他的额头渗出了汗水，精神的高度集中让他浑身颤抖。然而，那个红球依然在摆弄灌木，丝毫没有受到影响，仿佛卡森在背诵无聊的乘法口诀。

所以，这样做是没用的。

炎热和紧张让他头晕眼花，他坐在蓝色的沙地上，仔细观察起了红球。通过观察，也许他能够推测出它的力气大小，或是找到它的软肋，以便找到一些在正面交锋时能用得上的东西。

红球正在折灌木上的枝条。卡森聚精会神地看着，试图估算出它在这件事上花了多大的力气。过了一会儿，他想到自己可以在这边找一丛类似的灌木并折断几根差不多粗的枝条，来比一比自己的手臂和那些触手谁的力气大。

那些枝条看起来很难折断，红球每折一根都需要僵持很久。他还发现红球的每一根触手末端都有两根手指，每根手指的末端都长着指甲或尖爪。那些爪子并不是很长，看上去没什么威胁性，他的指甲只要再长一点就能赶上它们。

总的来看，那个红球在肉搏中应该是很好制服的。当然，也不排除它摆弄的那丛灌木材质极其坚韧的可能。卡森向四下里看了看，发现附近正好有一丛相同种类的灌木。

他试着折断了一根枝条，感觉它十分脆弱易折。当然，红球也可能是在故意演戏，但他并不这么认为。那么，红球的软肋又在哪里呢？如果找到机会，他该如何把它杀掉呢？他回到刚才的位置继续观察起来。红球的表皮看起来非常厚实，需要某种尖利的武器才能划开。他又捡起了之前的那块石头，它长约12英寸，很扁，尖端非常锋利。如果它真的像燧石一样易于打磨，他就可以把它做成一把称手的刀。

红球还在继续研究灌木。它滚到了离自己最近的另一种灌木处，这时，一只蓝色的小蜥蜴——之前卡森在屏障边上看到的那种多腿生物——飞快地从灌木下方跑了出来。

红球迅速伸出一根触手将它抓了过来，随后又甩出另一只触手，开始拔蜥蜴的腿，动作和它折灌木枝条的时候一样冷酷无情。那只蜥蜴疯狂地挣扎着，发出凄厉的尖叫。除了自己的声音以外，这是卡森在这里听到的第一个声音。

卡森继续观察。任何从对方身上观察出的特点都可能为他所用，即便是它那全无必要的残忍。这一点尤其有用！他突然情绪化地想道。看到了它那全无必要的残忍，杀掉它就成了一件快事——一旦他的机会来临的话。

半数的腿都被拔掉以后，那只蜥蜴停止了尖叫，软塌塌地瘫在红球的触手中。

红球不再拔它剩下的腿，而是轻蔑地将它冲着卡森扔了过来。蜥蜴在他们之间的空中划过一道弧线，最后掉在了卡森的脚边。

它穿过了屏障！屏障消失了！卡森一跃而起，紧握着自己的"刀"向前冲去。既然屏障消失了，他就要在此时此地了结这一切……然而屏障并没有消失，他用最愚蠢的方式证明了这一点。他笔直地冲向屏障，被它撞得头晕眼花，然后反弹回来，摔在了地上。

当他坐起身子，正在摇晃脑袋试图恢复清醒时，空中有什么东西冲着他飞了过来。他看到后立刻再次仰倒，翻滚到了一边。虽然上半身躲过了飞来的东西，但一阵剧痛还是从他的小腿处传来。

他向后滚了几圈，顾不得疼痛，挣扎着爬了起来。他这才发现，是一块石头击中了他。对面的红球已经捡起了另一块石头，用两根触手夹着它向后蓄力，准备再次投掷。

第二块石头向他飞来，但这次他及时躲闪开了。显然，红球虽然能够抛出直线，但力气不大，也扔不了多远。它扔的第一块石头之所以能够打中他，纯粹是因为他当时坐在地上，没注意到有东西已经飞了过来。

在躲避第二块石头的同时，卡森抢起右臂，把手里的那块石头扔了出去。他激动地想，如果投掷物可以穿越屏障，那么双方就可以玩互投游戏了。

他绝对不会击不中一个 4 码之外直径 3 英尺的球体，也确实打中了目标。那块石头"嗖"的一声在空中划过，速度比红球扔的石头快上好几倍。它打在了红球的正中心，但接触到红球的是较平的一面，而不是锋利的尖端。即便如此，石头还是在红球身上击出了一声闷响，造成了明显的伤害。红球原本正在够下一块石头，被打中后立刻改变了主意，向后退去。卡森捡起新的石头准备投掷时，红球已经后退到了距屏障 40 码远的位置，并且不停地四处滚动。

他扔的第二块石头打偏了几英尺，第三块则扔得不够远。红球躲得太远了，任何一块具有杀伤性重量的石头都打不到它。

卡森笑了，现在局面完全掌控在他的手里。

然而，当他弯腰去检查小腿上的伤口时，脸上的笑容立刻消失了。锯齿状的石头边缘在他的小腿上划出了一道几英寸长的口子，鲜血正在汩汩地涌出，不过应该没有伤及动脉。血如果能自己止住那还好说，但如果止不住，他的麻烦可就大了。

这时，一个事实让他转移了注意力——屏障的性质。

他再一次来到屏障前，伸出双手确认了它的位置。接着，他用一只手抵着屏障，另一只手抓起一把沙子扔向了屏障。沙子顺利地穿过了屏障，而他的手却没有。

是无机物和有机物的区别吗？不对，那只死蜥蜴也能穿过屏障。无论是死是活，蜥蜴都绝对是有机物。如果是植物呢？他从灌木上折下一根枝条，拿着它在屏障上捅了捅。枝条感受不到任何阻力，可以轻松地穿越屏障。然而，他握着枝条的手却会在碰到屏障时被挡住。

他无法穿越屏障，那个红球也不能。但是石头、沙子和死蜥蜴……若是活蜥蜴的话会怎么样？

他从灌木丛下面找到了一只活蜥蜴，抓起它往屏障上扔去。只见那只蜥蜴被狠狠地反弹回来，掉在蓝色的沙地上后匆匆逃走了。

他心中有了一个答案，至少目前为止他确定无疑——那个屏障是针对活物的，只有死去的生物和无机物能穿过它。

想通这一点后，卡森又看了看他那条受伤的腿。流血变少了，也就是说他不需要去想办法做止血带了。不过，他还是应该找点水来清洗伤口——如果这里有水的话。

水——这个念头让他感觉越来越渴。他必须去找点水来，以免这场决斗沦为持久战。

虽然有些踉跄，但他依然决定要绕着自己这边的半个竞技场走一圈。他用一只手扶着屏障，向右一直走到了弯曲的墙壁处。墙壁是可见的，近距离下呈现出单调的蓝灰色，表面的触感和那道屏障差不多。

他抓起一把沙子扔向墙壁，沙子抵达墙壁后便消失不见了，仿佛是从墙壁上穿了过去。这个半球形的穹顶也是某种力场，只不过它是不透明的，不像那道屏障。

他贴着墙面继续走，直到回到屏障前，又扶着屏障走回了最初的起点。

到处都没有水的迹象。

他有些担心起来，于是在屏障和墙壁之间来回地走，眼睛不放过它们连接处的任何一块区域。

没有水，只有蓝色的沙子、蓝色的灌木和难耐的炎热，别无其他。

这一定是幻觉，他告诉自己，自己可能其实并没有那么渴。他在这里待了多久了？当然，他知道这里根本就没有时间。那个存在已经告诉过他，只要他在这里，外面的时间就是静止的。然而，他的身体机能依然在运转，和他在外面的时候一样。以他的身体为标准来看，他在这里待了多长时间？也就三四个小时吧，绝对没有长到让他口渴难耐的程度。

然而他现在确实口渴难耐，感觉嗓子快冒烟了。这可能是极度的炎热导致的。这里的气温大约有 130 $\,^\circ$F [2]，而且是干热，空气里没有一丝风。

徒劳地绕着领地转过一圈以后，他的步履更加蹒跚，力气也快耗尽了。

他看着对面那个一动不动的红球，祈求它也正经受着和自己同样的折磨。把他们带来的那个存在曾说，这里的环境对于他们来说都同样陌生而煎熬。也许那个红球来自一颗 200 $\,^\circ$F 的行星，他热得不行的时候它正冻得发抖。这里的空气对它来说也许过于浓稠，但对他来说又过于稀薄。刚才那短短的"探索之旅"已经让他气喘吁吁，这里的大气层应该还没有火星厚。

没有水，就意味着决斗是有截止期限的，至少对他来说有。除非他能尽快找到穿越屏障或者隔空杀掉对手的方法，否则缺水会要了他的命。

这让他产生了一种极度的紧迫感，但他还是选择坐下来先休息一下，给自己一些思考的时间。

他现在还能做什么呢？没有事情可做，却也有很多事情可做。比如，这里的灌木多种多样，虽然似乎没什么用，但他总得去检查一下它们有没有派上用场的可能。还有他的腿——就算没有水用来清洁，他也必须处理一下伤口了。除此之外，他还可以收集一些能当武器用的石头，再从中选出一块适合做刀的。

他的腿更疼了，于是他决定先处理腿的问题。这里有一种灌木

---

2 | 华氏度，约合 54.44℃。

长着叶片——或者说某种类似于叶片的东西。他扯下一把叶片，在检验过它们的质地以后决定赌上一把。他用叶片擦掉了伤口处的尘土和血块，然后又用新鲜的叶片做了一块"纱布"盖在伤口上，最后用同种灌木的藤蔓加以固定。

那些藤蔓出乎意料地结实，而且又韧又长，他根本无法扯断，只能用一块蓝色燧石的锋利边缘将它们锯断。粗的藤蔓足足有一英尺长，他把这个信息存储在了脑子里，以备不时之需。一束粗的藤蔓捆在一起就是一条非常结实的绳子，他或许能想出一种用得上绳子的办法。

接下来，他给自己做了一把刀。那块蓝色的燧石正好可以作为原材料。他把它打磨成了一英尺长的薄片，作为一种简易但足以致命的武器。然后，他用藤蔓做了一条腰绳，把刀拴在了上面。这样一来，他便既可以随时把刀带在身边，又可以解放双手了。

他回去继续研究那些灌木，发现还有另外三个品种。一种没有叶片，质地又干又脆，像是干燥的风滚草。另一种的质地像是软到掉渣的烂木头，很适合用来当引火物。第三种则最像地球上的灌木，枝条很短却笔直而强韧，只不过叶片极其敏感，一碰就蔫儿。

炎热已经可怕到了令人无法忍受的地步。

他一瘸一拐地走到屏障前，伸手摸了摸，确认它还在。他站在原地看了一会儿那个红球。红球此刻依然与屏障保持着安全距离，扔石头是打不到它的。它四处滚动，像是在鼓捣什么，但他无法看清细节。

忽然，红球停止了滚动，像是注意到了他。卡森又感到一阵恶心。他冲红球扔了一块石头，红球立刻向后退去，继续埋头忙活起来。

至少他可以让它与自己保持一定的距离，但这似乎并没有什么大用，他苦涩地想。尽管如此，他还是利用接下来的一两个小时收集了一些尺寸适合投掷的石头，在屏障的这一侧垒了几堆。

嗓子在燃烧，除了水，他已经很难再去想别的。但他还是不得不去想一些别的事：在热死和渴死之前，他必须想办法穿过那道屏障，不管是从下面钻过去还是从上面飞过去，总之要先把对面的那个红球杀掉。

屏障的两侧和墙壁紧紧相连，那它的高度和沙子下面的深度呢？

有那么一小会儿，卡森的意识已经模糊不清，他想不出该怎么验证这两个问题，无力地瘫坐在了灼热的沙地上。他甚至不记得自己坐下了，只记得看到一只蓝色的蜥蜴从一丛灌木下爬到了另一丛灌木下。

蜥蜴从第二丛灌木的下面探出头来，盯着他看。

卡森对那只蜥蜴笑了笑，回想起了一个有关火星沙漠殖民者的古老传说，而这个传说又是从一个更古老的有关地球的传说里摘出来的——"很快，你就会因为孤独而去和蜥蜴说话。过不了多久，你就会发现蜥蜴也在和你说话……"

当然，他本应该集中精力去思考如何杀死那个红球，然而他却去做了另一件事。他微笑着对那只蜥蜴说："嗨，你好。"

蜥蜴朝着他走了几步，回答道："你好。"

卡森先是愣了一会儿，然后忽然仰头大笑起来。这并没有让他的嗓子不舒服，他甚至感觉自己没有那么渴了。

为什么不行呢？那个创造了这个梦魇之地的存在既然拥有那么强大的力量，为什么就不能拥有幽默感呢？蜥蜴会说话，还能用我的语言回应我的话——这个设计可真不错。

他继续对那只蜥蜴笑着说："过来。"然而这一次,蜥蜴转身就跑,飞速穿过一丛丛的灌木消失不见了。

他现在必须穿越屏障了。他不能直接穿过它,也不能从上方飞过去,但还不确定能否从下面钻过去。而且,他转念一想,挖坑还可以帮助他寻找水源。

他忍着伤痛一瘸一拐地走到屏障边,用双手一捧一捧地把沙土挖出来。这项工作进展很慢,因为沙子会从手掌的边缘流出去,而且随着坑越挖越深,它的直径也越来越大。不知过了多少个小时,他终于挖到了地表下方4英尺处的基岩。基岩是干燥的,地底也没有水。

形成屏障的力场一直向下延伸到了基岩。

他从坑里爬出来,躺在地上喘了口气,然后抬起头,想看看对面的红球在干什么。

红球正在制造什么东西,它用藤蔓将一些木棍捆在一起,组成了一个约4英尺高、形状近似于方形的框架。为了看得更清楚,卡森爬上了刚才被自己挖出来的土堆,站在上面定睛细看。

只见那个框架的后方支棱出两根长长的杆子,其中一根的末端有一个杯子状的容器。像是某种投石机,卡森想。

不出他所料,红球正在将一块尺寸合适的石头装进容器里。只见它用一根触手上下扳动另一根杆子,然后轻轻转动机器瞄准,接着,装着石头的那根杆子向上扬了起来。

石头从卡森头顶上方几码远的空中呼啸而过,由于飞得太高太远,他并不需要躲闪。他大致算了一下石头飞过的距离,然后失落地吹了声口哨——他无法把一块同样重的石头扔过那个距离的一半。而就算退到他这半领地的最远端,他也依然在那架投石机的射程之内，只要红球把机器推到屏障附近就可以打到他。

又一块石头向他飞来，这次没有偏离太远。

他不停地从屏障的一侧走到另一侧，不让投石机有瞄准的机会。与此同时，他还拼尽全力向对面扔了十几块石头。然而，事实证明，这也于事无补。他只能扔些轻的石头，因为重的石头根本扔不了多远。击中投石机的石头会被直接弹开，更何况在这个距离上，红球可以轻而易举地躲过所有向它飞来的石头。

他的手臂很快就扔累了，而且感觉浑身酸疼。

他跌跌撞撞地退到了竞技场的后方，但这也没什么大用，石头追着他向后方飞了过来，只是每块石头飞来的间隔长了一些。红球似乎需要花更长的时间给它的投石机上发条——不管那根杆子是不是发条。

过了一会儿，他拖着疲惫的步子又一次来到了屏障前。这个过程中他摔倒了几次，几乎没有力气站起来继续前进。他知道，自己的耐力已经濒临极限。然而，在摧毁那架投石机之前，他还是不敢停止移动。他知道自己一旦睡过去，就再也醒不过来了。

一块飞来的石头让他灵光乍现。那块石头落在了他堆在屏障边的石堆上，擦出了火花。

火花！火！原始人就是靠敲击石头产生的火花来生火的！再用一些干燥的灌木碎屑来引火的话……

一丛这个品种的灌木就长在旁边。他将那些灌木连根拔起，带到了石堆边，然后耐心地用一块石头敲击起了另一块，直到火花引燃了烂木头质地的灌木。火苗很快腾空而起，在一瞬间把他的眼睫毛烧成了灰。

他有了个好主意。他用几分钟的时间，在自己刚才挖出的土堆背面制造了一处小火源——先将易燃的灌木点着，然后将火种转移到燃烧速度较慢的灌木上，使火苗保持稳定。

强韧的藤蔓不易点燃，正好可以用来在"燃烧弹"上做些手脚。他用藤蔓将一团灌木与一块作为配重的小石头捆在一起，然后又做了一根用来抛掷的长绳。

他一口气做了6枚相同的"燃烧弹"，然后才将其中一枚向对面扔去。他扔偏了，红球迅速做出了反应，拖着它的投石机向后撤退。但卡森早已准备好了其他的"燃烧弹"，将它们一个接一个地快速投向了对面。第4枚"燃烧弹"卡进了投石机的缝隙里，引燃了投石机。红球急忙用沙子灭火，但它那末端带爪的触手每次只能抓起一小撮沙子，根本就是杯水车薪。投石机被烧毁了。

红球为了自保远离了火焰，开始把注意力集中在卡森身上。卡森又一次感觉到了敌意和恶心的巨浪——只不过这次比之前的感觉要弱一些。可能是红球自身的能力受到了削弱，也可能是卡森逐渐学会了抵御那种精神攻击。

他冲红球做了一个"鄙视"的手势，然后又扔了一块石头，将它赶到了自己的射程之外。红球在它的领地后方又一次摆弄起了灌木，或许是想要做一架新的投石机。

确认过那道屏障仍然有效以后，卡森突然发现自己坐在了屏障边的地上，因为太过虚弱而无法站起来。

他的腿在不停地抽搐，口渴也愈发严重，但让他全身无力的最大原因还是精神上的崩溃。

地狱——过去的人们所说的那个地狱——应该就是这副样子吧？他想。他努力保持清醒，但目前来看，保持清醒似乎毫无用处。只要那道屏障还在，红球也躲在他的射程之外，他就什么也做不了。

他试着回忆自己在考古书里读到过的作战方法。在金属和塑料制品出现以前,远古时代的人们都是怎么战斗的来着?他最先想到的是互扔石头。好吧,这个他已经尝试过了。

弓箭?不,他尝试过一次射箭,很清楚即便是现代弓箭手那套百发百中又结实的金属装备也拯救不了他的垃圾箭法,更何况是在这里攒出来的简陋弓箭?在这里,他的箭可能射得还没有直接扔石头远。

长矛?好吧,这个确实可以做,只是在任何远距离作战上都没用。如果是近战的话,长矛倒是一个称手的武器,但前提是他得先走到对手面前。不过不管怎样,做一把长矛能够阻止他像现在这样胡思乱想。

他此刻就在石堆旁边,于是从身边的石头里找出了一块形状类似矛头的,用一块更小的石头将其打磨成了真正的矛头。他还在矛头两侧削出了尖尖的倒钩,这样刺入对手体内后就不会像鱼叉那样被轻易拔出。等等,在这场疯狂的决斗中,或许带倒钩的鱼叉会比长矛更好用!只要他把鱼叉拴在绳子上,再将鱼叉刺进红球体内,就可以通过拉绳子把红球拽到屏障边。尽管他的手不能穿越屏障,但他的那把燧石刀可以穿过去对付它。

鱼叉杆比鱼叉头更难做。他劈开了4丛灌木的主茎,用柔韧的藤蔓将它们重新拼接起来,做成了一根4英尺的长杆。接着,他把鱼叉头绑在杆子一端的划痕处,一把简陋但实用的鱼叉就做好了。

他又用藤蔓做了一根20英尺长的绳子,绳子的重量很轻,看起来不太结实。但他知道,这条绳子实际上结实到把他吊起来都绰绰有余。他把绳子的一端拴在鱼叉上,另一端系在自己的右手腕上,这样,万一鱼叉穿过屏障后没能刺中红球,他还可以把它拽回来。

他试着站起来，想看看红球在做什么，却发现自己站不起来了。第三次尝试的时候，他勉强用膝盖撑地，跪坐着想站起来，但最后还是倒在了地上。

必须得睡会儿了，他想。可如果这段时间里发生危险，他将无处可逃。红球知道了这一点后一定会过来把他杀掉，但他还是必须先恢复点体力才行。

他缓慢而艰难地爬离了屏障。

什么东西"砰"的一声掉在了沙地上。他被那个声音吵醒，从迷乱恐怖的梦境回到了更加迷乱恐怖的现实。他睁开双眼，又一次看到了蓝到发亮的沙子。

他睡了多长时间？一分钟还是一天？

另一块石头"砰"地落下，溅起的沙子落在了他的身上。他双手撑地坐了起来，转身后发现那个红球已经来到了屏障前，离他只有 20 码远。

但当他坐起来以后，红球立刻马不停蹄地向后滚去，一直滚到它能滚到的最远处。

他睡得太快了，他想，还没爬出红球的射程就睡着了。红球看到他一动不动地躺在地上，所以才敢到屏障附近来。幸运的是，它并不知道此刻的他是多么虚弱，否则它就会继续待在那里扔石头了。

他继续向前爬，这次他强迫自己保持清醒，直到爬到了最远处——距离竞技场不透明的外墙只有一码远的位置。

接着，他的意识又模糊起来……

当他再次醒来后，身边的状况似乎没有发生任何变化。但是这一次，他知道自己睡了很长时间。他醒来后的第一个感觉就是嘴里很干，嘴唇像是要裂开，舌头也肿了起来。

慢慢恢复了全部知觉以后，他感觉有什么地方不太对劲。他现在没那么累了，最疲惫的阶段已经过去，但疼痛还在，而且是剧烈的疼痛。直到试图挪动身体时，他才意识到那阵疼痛来自他的腿。

他从地上抬起头来看了看腿，发现膝盖下方全部肿了起来，而且红肿已经向上蔓延到了大腿中部。那些被他用来绑叶片"纱布"的藤蔓现在深深地嵌进了肉里。

他的燧石刀已经不可能插到藤蔓和肉之间去挑断那些藤蔓，但幸运的是，藤蔓的最后一个结打在了胫骨上，那里的肉还没有被嵌入太深。一番努力之后，他终于解开了那个绳结。

"纱布"下面是他最不想看到的情形：感染和血液中毒。在没有药物，甚至连水都没有的条件下，他无法对伤口进行任何处理，只能干等着毒素扩散到全身，然后死去。

他知道自己已经希望渺茫，他会输掉这场决斗，并以整个人类作为陪葬。当他死在这里后，外面那个宇宙里他所有的朋友，以及朋友之外的所有人都会死。地球和那些地球人殖民的行星，将会变成那个红球的家园。

想到这里，他又有了向前爬的勇气。他不顾一切地用胳膊和双手拖着身子，再次爬向了那道屏障。

有那么百万分之一的可能，他爬到屏障处时还有最后一丝力气去投掷一次那把鱼叉。当然，这么做的前提是那个红球就在屏障边，或者屏障消失。

他感觉自己用了好几年的时间才爬到屏障前。屏障没有消失，依然和他第一次触摸时的手感一样，也依然不可逾越。

红球不在屏障边。他用手肘支撑起上半身，看到红球正在它的领地后方，忙着制作一架和烧毁的那架一模一样的木质投石机，而且已经完成了一半。

红球的动作十分缓慢，很显然，此刻它也十分虚弱。

卡森觉得它可能不需要做第二架投石机了。他就要死了，他想，在投石机做好之前他就会死。

他肯定是又走神了一会儿，因为当他回过神来时，发现自己正被一股无名的怒火支配着，猛烈地用拳头砸那道屏障。他克制住自己的冲动，闭上眼睛，努力让自己平静下来。

"你好。"一个声音说。

那是一个小而纤细的声音。他睁开眼睛转头看时，发现声音来自一只蜥蜴。

"走开！"卡森想要对它这么说，"走开，你其实不在那里，或者你在那里但没有真的说话，我又出现幻觉了。"

但他说不出来，他的嗓子和舌头已经干得说不出话了。他只好再次闭上眼睛。

"疼，"那个声音说，"杀。疼，杀。来。"

他又睁开了眼睛，发现那只蓝色的十腿蜥蜴还在那里。它沿着屏障跑了一段距离，然后又跑了回来，接着再跑出去，再回来。

"疼，"它说，"杀。来。"说完它又跑了出去，然后回来。很明显，它是想让卡森跟它一起沿着屏障走。

卡森闭上了眼睛，那个声音还是不停地传来，反复说着三个毫无意义的词语。每当他睁开眼睛后，那只蜥蜴都会跑出去再跑回来。

"疼，杀，来。"

卡森无奈地叹了口气，不跟它走的话，他就永远都不得安宁。他只好跟在蜥蜴后面爬了起来。

突然，他听到了一声凄厉的尖叫。有什么东西正在沙地上尖叫着蠕动，像是一只蓝色的小蜥蜴。

他这才认出来，它就是那只在很久之前被红球拔掉了腿的蜥蜴。它还没死，现在已经恢复了意识，正在极度的痛苦中蠕动和尖叫。

"疼，"另一只蜥蜴说，"疼，杀。杀。"

卡森终于明白了它的意思，他拿起挂在腰绳上的燧石刀，杀死了那个正在备受煎熬的生灵。活着的那只蜥蜴也就在这时跑走了。

卡森爬回到屏障处，用双手和额头抵着屏障，看了看对面的红球。它依然在它的领地后方，忙着制作新的投石机。

"我是能爬过去的，"他想，"只要我能穿过屏障……只要我能穿过去，我就有可能赢。它现在看起来也很虚弱，我是有可能……"

一阵绝望的浪潮忽地将他吞没。腿上的疼痛削弱了他的意志，他多么希望自己已经死了，像那只刚刚被他杀死的蜥蜴一样！至少它已经不需要再活受罪了。

用手掌推屏障的时候，他才注意到自己的胳膊细成了麻秆。他肯定已经在这里度过了许多天，否则不可能一下子瘦下去这么多……

在一种近乎癫狂的状态过后，他陷入了深度的平静和沉思。

那只刚刚被他杀死的蜥蜴，在还活着的时候穿过了屏障。它本来是在红球那边的，红球拔掉了它的腿，然后轻蔑地将它扔向了他。它穿过了那道屏障！

那只蜥蜴当时并没有死，只是晕了过去。活的蜥蜴不能穿越屏障，但晕过去的可以。这么说的话，那道屏障就不是阻碍活物的屏障，而是阻碍意识的屏障———一张意识过滤网！

想到这里，卡森又沿着屏障爬了起来，决定去做一场孤注一掷的冒险。只有将死之人才敢去冒这个险，因为成功的可能实在是太过渺茫了。

他沿着屏障爬到了 4 英尺高的土堆下。那些土是他试图从屏障下面钻过去，顺便找点水的时候挖出来的——现在想来好像已经是很多天前的事了。土堆正好压在了屏障线上，一边的土坡在屏障外，一边土坡在屏障里。

他从附近的石堆上抓起一块石头，然后爬到土堆顶上，倚着屏障躺在那里。这样，一旦屏障失效，他就能顺着屏障外的土坡滚到红球的领地中去。

他开始做最后的检查，确认燧石刀挂在腰绳上，左臂弯里抱着鱼叉，那条 20 英尺长的绳子也牢牢地拴在他的手腕上。接着，他举起右手中的石头，准备砸向自己的脑袋。他必须足够幸运，确保这一击的力度既能够打晕自己，又不至于让自己晕过去太久。

他感觉到了来自红球的注视，他知道它会看着他穿过屏障滚下来，然后上前检查他的情况。他希望红球以为他死了，因为它很可能和他一样，对屏障的性质做出过同样错误的推论。但即便如此，它应该还是会小心翼翼地靠近自己。也就是说，他还有一小段时间用来恢复清醒。

他打晕了自己。

一阵疼痛让他醒了过来。那突如其来的刺痛来自臀部，与头上和腿上传来的疼痛都不一样。在打晕自己之前，他就已经料到了这种可能。他知道自己会被疼痛唤醒，甚至对此求之不得。他早已预先绷紧了身体，以免在醒来的时候做出太大的动作。

他把眼睛睁开了一个小缝，发现自己猜对了。红球正在靠近，现在离他只有 20 英尺远。刚才就是它扔的石头砸疼了他——一定是想要以此来确认他的死活。他躺在原地一动不动，红球靠得更近了，距离他 15 英尺。他屏住了呼吸。

为了防止红球感应到他的意识活动，他尽可能地让自己放空大脑。然而，他的大脑一旦放空，红球的意识便立刻对他造成了强烈的影响。

那些另类而陌生的意识让他感到发自心底的恐惧。他只能感受到它们，却无法进行理解和描述，因为地球上没有任何一种语言具备相应的词汇，也没有任何一种生物的大脑具备相应的理解能力。相比之下，哪怕是一只蜘蛛、螳螂或是火星沙蛇在智力提升后与人类进行意识交流，都会比现在这种感觉要亲切得多。

他现在相信那个存在说的是对的：在宇宙中，人类和红球的种族，只能留下一个。

红球靠得更近了。卡森一直等到它离自己只有几英尺远，伸出了它那带爪子的触手……

他无视身上的疼痛翻身坐起，用尽所有的力气将鱼叉扔向了红球。后者被鱼叉深深刺中后立即滚开，卡森试图起身追赶，却因为力气不够跌倒在了地上，但他依然没有放弃爬行。

绳子已经抻到了最长，卡森被系在手腕上的绳子拖着往前滑了几英尺，才终于停了下来。他用双手交替拽着绳子把自己往前拖，直到看到了那个红球。红球正在徒劳地尝试着拔出身上的鱼叉，它不住地颤抖，在发现无论如何也拔不出来后决绝地向他滚来，并且伸出了带爪子的触手。

他把燧石刀握在手中，与红球展开了正面对决。他在对方的身上刺了一刀又一刀，对方也用可怖的爪子撕开了他的皮和肉。

一通连刺带砍之后，红球终于不动了。

一阵铃声响起，他睁开双眼，过了好久才反应过来自己身在何处。他正被安全带绑在侦察舰的座位上，面前的显示屏上是一片空荡荡的太空。没有外星飞船，也没有不可能出现的行星。

铃声来自通信面板，有什么人想让他打开信号接收器。训练有素的本能让他伸手拉动了前方的操纵杆。

布兰德的脸出现在了屏幕上。他是"麦哲伦"号——卡森所属的侦察小组的母舰——的舰长。只见布兰德脸色苍白，黑色的眼睛里闪烁着兴奋的光芒。

"'麦哲伦'号呼叫卡森，"他激动地说，"回来吧，战争结束了，我们赢了！"

屏幕又恢复了一片空白，布兰德肯定是去呼叫其他在他麾下的侦察舰了。

卡森动作迟缓地将侦察舰设置为返回模式，然后带着难以置信的心情慢慢解开安全带，到座位后的储水箱处喝水。出于某些原因，他感觉前所未有的口渴，于是接连喝了 6 杯水。

他靠在墙上，试着回想刚才的事。

那场决斗真的发生了吗？他现在状态良好，身上没有一处伤痕，口渴更多是精神上的而非生理上的，嗓子也并不干。

他提起裤腿检查小腿，发现腿上有一道长长的白色伤疤，那里曾经有过伤口，但现在已经完全愈合。他拉开上衣的拉链，发现胸口和腹部有很多纵横交错的细小疤痕——它们也都已经痊愈，不仔细看几乎看不出来。

决斗真的发生过！

侦察舰在自动驾驶下回到了母舰的怀抱,一些钩爪将它拖进了独立的气密舱。不一会儿,一阵嗡鸣声响起,表示舱室内已经充满了空气。卡森从侦察舰上下来,走出了双层的气密门。

他径直来到布兰德的办公室,对长官敬了个礼。

布兰德还沉浸在喜悦之中。"嗨,卡森,"他说,"瞧瞧你错过了什么好戏!"

"发生什么了,长官?"

"说实话,我也不知道。我们只发射了一颗炮弹,敌人的舰队就全被炸成了齑粉!我们的炮弹像闪电一样在敌舰之间穿梭,就连我们没瞄准的敌舰和射程之外的敌舰也都被摧毁了!整个舰队一下子在我们眼前灰飞烟灭,而我们的飞船连一块皮都没被蹭掉!

"我们甚至不能以此为傲。肯定是他们的战舰使用了某种性质不稳定的金属,我们的炮弹恰好触发了这种不稳定性。小子,真是太可惜了,你错过了所有的好戏!"

卡森挤出了一个惨淡的微笑,他需要花上几天才能从自己经历的一切中缓过劲儿来。然而舰长已经没在看他了。

"是啊,长官。"他这么说更多是出于常识,而非出于谦虚。他知道如果再往下说,自己就会被当成全宇宙最大的骗子。"太可惜了,我错过了所有的好戏……"

实验

"这是第一台时间机器，先生们。"约翰逊教授骄傲地向他的两位同事宣布。"对，它只是一个小型实验模型，只能作用于质量小于3磅5盎司³的物体，让它穿越到12分钟以内的过去或者未来。但它会成功的。"

那个小型模型看上去像一台秤——为邮寄物品称重的那种，只不过托盘下方有两个表盘。

约翰逊教授拿起了一个小金属块。"我们的实验对象，"他说，"是一个黄铜块，重1磅2.3盎司。首先，我要把它送到5分钟后的未来去。"

他向前俯身，调节时间机器上的一个表盘。"看看你们的手表。"他说。

同事们看了看手表。约翰逊教授把黄铜块轻轻地放在了机器的托盘上，它随即便消失了。

5分钟后，它又在一瞬间出现了。

约翰逊教授把黄铜块拿起来，说："现在让它回到5分钟前的过去。"他调节另一个表盘，然后拿着黄铜块看了看手表。"现在距离3点还有6分钟。我会在3点整时把黄铜块放到托盘上，让机

3 | 磅和盎司均为美制重量单位，1磅约合453.59克，1盎司约合28.35克。

器运行。这样，黄铜块就会在3点差5分的时候从我的手中消失，出现在托盘上。也就是说，在我把它放在那里的5分钟前，它就会出现在那里。"

"那你到时候怎么把它放过去呢？"他的一个同事问。

"我的手一靠近，它就会从托盘上消失，跑到我的手里，让我再一次把它放到托盘上。这会发生在3点整，请注意。"

黄铜块从他的手里消失了。它出现在了时间机器的托盘上。

"看到了吗？在我把它放在那里的5分钟前，它就出现在那里了！"

他的另一个同事看着黄铜块皱了皱眉。"可是，"他说，"既然你还没把它放在那里，它就已经出现了，那么如果你改变想法，不在3点整把它放过去呢？这会涉及某种悖论吗？"

"这是个有趣的想法，"约翰逊教授说，"我从没想到过这一点，这将是一次有趣的尝试。很好，现在我不把它……"

根本就没有悖论，黄铜块留在了原位。

但宇宙的其他部分——教授及所有的一切，都消失了。

回答

　　德沃尔伊夫郑重地焊接上了最后一块黄金。十几台摄像机对准了他，亚以太将记录他此刻举动的十几张照片传播到了整个宇宙。

　　他站直身子，对德沃尔瑞恩点了点头，然后走到了一个开关旁。那个开关一旦合上，"连接"就会完成。开关会在一瞬间将宇宙中所有有人居住的行星——960亿颗行星——上的所有巨型计算机连接到超级回路中，把它们组合成一台超级计算机。这台智能机器将拥有所有星系中的所有知识。

　　德沃尔瑞恩对数以万亿计的观众和听众发表了简短的讲话。在片刻的静默之后，他开口道："动手吧，德沃尔伊夫。"

　　德沃尔伊夫合上了开关。震耳欲聋的轰鸣声响起，960亿颗行星上的能量汹涌而来，几英里长的控制面板上的指示灯亮了又熄。

　　德沃尔伊夫后退了一步，做了个深呼吸。"第一个提问的光荣权利是属于你的，德沃尔瑞恩。"

　　"谢谢。"德沃尔瑞恩说，"我要问一个智能机器从没答上来过的问题。"

　　他转向那台机器，问道："有上帝吗？"

　　继电器的"咔嗒"声还没传来，机器就毫不迟疑地用洪亮的声音答道："现在有了。"

德沃尔伊夫的脸上突然闪过一丝恐惧，他急忙去抓开关。

这时，一道突如其来的晴天霹雳将他击倒，并熔合了那个开关。

木偶戏

8月一个炎热无比的午后，一个恐怖的人来到了切瑞贝尔。

这么说或许有点啰唆，因为亚利桑那州的切瑞贝尔在8月的任意一天都炎热无比。事情发生在89号高速公路上，图森市以南约40英里、墨西哥国境线以北约30英里处。那里有两个加油站，公路两侧各有一个，以便为驶往两个方向的车辆加油。除此之外，还有一家杂货店、一家只准售卖啤酒和红酒的酒馆、一家供等不及到国境线再买瑟拉佩毛毯和墨西哥凉鞋的游客消费的宰客型特产店、一个废弃的汉堡摊，以及几幢住着墨西哥裔美国人的土坯房。这些墨西哥裔美国人在诺加利斯上班，那里是美国南部的边境城镇，但他们不知道为什么偏偏喜欢从切瑞贝尔通勤，其中有人还开着T型福特车。高速公路上的路牌上写着"切瑞贝尔，人口42"，但就算这样都写多了。波普·安德斯——那个废弃汉堡摊的摊主——去年过世了，所以正确的人口数应该是41。

恐怖的人骑着驴来到了切瑞贝尔，牵驴的是一个浑身脏兮兮、长着像沙鼠一样的灰色胡须的老人。起初没有人来问老人的名字，他后来自报的姓名叫戴德·格兰特。那个恐怖的人叫格拉思，他大约9英尺高，瘦得像一根竹竿，体重应该不会超过100磅。老戴德的驴可以很轻松地将他驮起来，尽管他垂在两侧的脚还是着了地。事实证明，他的那双类似高筒靴的鞋在沙地上被拖行了5英里以上，却没有受到丝毫磨损。除了那双鞋以外，他身上的全部衣物就只有一条淡蓝色的泳裤。然而，让他显得恐怖的并不是他的体形，而是他的皮肤。那皮肤是红色的，看起来鲜血淋漓，就像是刚被活剥了人皮，又把整张皮翻了个面一样。他的头骨和脸都又窄又长。除了这些地方之外，他从各个角度来看都是个人，或者说至少像个人。除非你把一些小问题也考虑在内，比如他的头发是淡蓝色的——和他的裤子同色，他的眼睛和靴子也是一样的蓝色。他整个人就是由血红色和淡蓝色组成的。

酒馆老板凯西是第一个看到他们从东边的山脉地区穿越平原而来的人。他从酒馆的后门走出来，想要呼吸一下新鲜空气，尽管外面的空气十分灼热。当时他距离那一行人有100码远，却已经注意到了驴背上的那个家伙很不对劲。在那个距离上，他只是感到了不对劲，而恐惧感要等一行人走得更近些之后才会降临。凯西目瞪口呆地看着，直到那三个家伙来到了前方50码处，他才开始慢慢地向他们走去。看到未知的东西时，有些人会撒腿就跑，有些人则会迎面而上。凯西属于迎面而上的那种，虽然他的脚步很慢。

在距离小酒馆后门20码远的开阔空地上，他与他们相遇了。戴德·格兰特停下脚步，放开了缰绳。那头驴站在原地垂下了脑袋，驴背上那个竹竿一样的人只需把本就着地的脚踏实就能够站起来。他将一条腿跨过驴背，双手扶着驴站了一小会儿，然后就坐在了沙地上。"高重力星球，"他说，"站不了太久。"

"可以给我的驴喂点儿水吗？"老人问凯西，"它现在肯定很渴。我没带水袋和其他东西，这样它才能驮动……"他冲着那个恐怖的红蓝双色人伸了伸拇指。

凯西这才注意到那个人有多恐怖。离得远的时候，这个红蓝双色的家伙看起来只是有点奇怪，但离近了一看，他的皮肤很粗糙，仿佛血管外露一样，而且还湿乎乎的（尽管实际上并非如此），简直就像是被剥了皮之后又把皮翻了个面，或者干脆就是被剥掉了皮。凯西从没见过这样的人，他希望自己以后也不要再见到。

凯西感觉背后有动静，于是回头看去，原来是其他看到这三个家伙的人也来围观了。然而，人群中离他最近的两个男孩，也还有10码远。"孩子们！"他喊道，"拿一个桶给驴喂点水，快点！"

说完，他把头转回来问："你们什么来头，叫什么？"

"我叫戴德·格兰特，是一名探矿者。"老人说着伸出了一只手，凯西心不在焉地握了握它。放开凯西的手后，这个沙鼠般的老人用拇指指向了身后那个坐在沙地上的怪人。"他叫格拉思——他这么告诉我的。他是个外来者，而且是某种使节。"

凯西冲那个竹竿一样的人点了点头，并很庆幸对方也只是对他点了点头，而没有向他伸手。"我叫曼纽尔·凯西。"凯西说，"'外来者'是什么意思？"

竹竿一样的人的声音意想不到的低沉洪亮，"我是地外生物，一个全权大使。"

庆幸的是，凯西多少受过点教育，听懂了"地外生物"和"全权大使"这两个词。他很可能是切瑞贝尔唯一一个能听懂这两个词的人了。考虑到说话者的外表，他很自然地相信了这两个词的真实性。

"我能为你做些什么，先生？"他问，"不过先说句题外话，为什么不到阴凉处来待着呢？"

"不用了，谢谢。这里比他们告诉我的要冷一些，但我感觉很舒服。这个气温相当于我们星球上一个春寒料峭的夜晚。至于你能为我做些什么——你可以把我的到来告知你们的政府官员，我相信他们会感兴趣的。"

凯西想，好嘛，真是瞎猫碰上了死耗子，格拉思找到了至少是方圆20英里之内能帮他达成目的的最佳人选。曼纽尔·凯西是爱尔兰和墨西哥混血，他还有个同样是混血的兄弟——有着爱尔兰和美国血统。他的那个混血兄弟正好在图森的戴维斯·蒙森空军基地当上校。

于是他说："稍等一下，格拉思先生，我去帮你打个电话。格兰特先生，你要进来坐坐吗？"

"不了，我每天都在太阳底下干活儿，不怕晒。另外，格拉思希望我一直陪在他身边，直到他完成在这里的使命。他说如果我照做，他就会给我一件非常值钱的东西，一个电子的……"

"电子探矿仪。"格拉思说，"只是一个简单的小装置，能够探测出方圆两英里内有没有矿石，以及矿石的种类、品级、富集度和深度。"

凯西咽了咽口水，推开聚集的人群回到了他的酒馆里。他只用一分钟就拨通了凯西上校的电话，然后又花了4分钟让上校相信自己没喝醉也没在开玩笑。

25分钟后，一阵噪声划破天际，先是越来越强，随后又戛然而止。一架4座直升机降落在了距离那个外星人、两个男人和一头驴十几码远的位置上，螺旋桨渐渐停止了转动。只有凯西一个人勇敢地站到了那三个来自沙漠的家伙中间，其他围观者都还是离他们远远的。

凯西上校、一名少校、一名上尉和一名负责驾驶直升机的中尉从直升机上走下，步履匆忙地朝这边赶来。那个竹竿一样的人站了起来，从他支撑起 9 英尺的身高需要花费的力气来看，他应该更习惯生活在重力低于地球的环境下。他鞠了一躬，又报了一遍自己的名字，重申了自己外星大使的身份。接着，他道歉说自己可能还要坐下，并在解释过原因之后坐了下来。

上校向他介绍了自己以及随行的三个人，然后说："现在，先生，我们能为你做些什么？"

竹竿一样的人做了个鬼脸，大概是想要微笑。他的牙齿也是淡蓝色的，跟他的头发和眼睛一样。

"你们地球人动不动就说'带我见你们领导'，但我并不会提出这样的要求。我得留在这里，而且也不会让你们的领导过来见我，那样会显得很不礼貌。我很乐意由你们代表他们和我交流并向我提问，而我只有一个要求。

"你们应该有磁带录音机。在正式发表讲话和回答问题之前，我希望你们可以找来一台，以确保你们的领导最后得到的消息是完整无误的。"

"可以。"上校说。他对飞行员命令道："中尉，用直升机上的无线电设备让他们弄一台磁带录音机来，越快越好。可以用降落伞……不，那样太慢了，空投的准备工作太烦琐。让他们再派一架直升机直接把它送过来。"

中尉转身要走，"嘿，"上校说，"再要一根 50 码的延长电线，我们得把它插在曼纽尔酒馆里的电源上。"

中尉快步跑向了直升机。

剩下的人汗流浃背地坐在原地等待。过了一会儿，曼纽尔·凯西站了起来。

"要等半个小时呢。"他说，"如果我们非要坐在太阳底下等，为什么不喝点冰啤酒呢？你要吗，格拉思先生？"

"那是一种冷饮，对吗？我现在有点冷，如果有什么热的……"

"有咖啡！我去去就来，需要给你带条毯子吗？"

"不用了，谢谢，暂时还不需要。"

凯西离开了一小会儿，回来时手里拿着一个托盘，上面放着6瓶冰镇啤酒和一杯热气腾腾的咖啡。中尉这时也已经回来了。凯西把托盘放在地上，首先把咖啡端给了那个竹竿一样的人。对方尝了一小口后说："真美味。"

凯西上校清了清嗓子，说道："下一个让探矿的朋友喝吧，曼纽尔。至于我们……好吧，原则上我们是不能喝酒的，但图森就算是阴凉处也已经112℉[4]了，这里比图森更热，而且还没有阴凉……先生们，在你们喝完一瓶酒或者那台磁带录音机送到之前，就当你们是在休假好了。"

就在最后一瓶冰啤酒见底的同时，第二架直升机的身影和噪声出现在了空中。

凯西问那个竹竿一样的人要不要再来点咖啡，但遭到了婉拒。他又看了看戴德·格兰特，冲他使了个眼色，沙鼠般的老人也冲他挤了下眼睛。所以，凯西进酒馆又拿了两瓶啤酒——两个地球平民一人一瓶。正要回来时，他碰到了拿着延长电线赶来的中尉，于是又走到酒馆门口，告诉中尉电源的位置。

回来后，他发现第二架直升机除了送来了那台磁带录音机，还送来了另外4个人，分别是开直升机的飞行员、一名会操作磁带录音机的技术军士——他现在正在对录音机进行调试，一名中校和一

---

4 | 约合 44.4℃。

名准尉——他们过来纯粹是出于好奇：为什么要紧急空运一台磁带录音机到亚利桑那州的切瑞贝尔？现在他们正惊诧地看着那个竹竿一样的人，低声交谈着。

"全体注意。"上校轻声说道，现场立刻安静了下来。"请坐，先生们，围成一个圈。军士，你能不能把麦克风放在这个圈的中间？这样它就能把我们每个人的声音都收录清楚。"

"好的，上校。我已经布置好了。"

10个人和一个外星人大致围坐成了一个圆圈，麦克风挂在圆心处的一个小三脚架上。所有的人类都大汗淋漓，外星人却还在打着寒战。那头驴疲倦地站在圆圈外围，低垂着脑袋。整个切瑞贝尔的人都从家里出来了，商店和加油站里也都空无一人。人们零零散散地围着圆圈站成了一个半圆，缓慢地向着圆圈靠拢，但仍然与之保持着5码远的距离。

技术军士按下了录音机上的一个按钮，磁带的压带轮转动起来。"测试，测试。"他说，然后持续按了一秒倒带键，接着是回放键。"测试，测试。"录音机的扬声器里传来了响亮而清晰的声音。军士又按了一次倒带键，然后按删除键清空了磁带，接着是暂停键。"我按下下一个键的时候，上校，"他对上校说，"我们就开始录音。"

上校看了看那个高个子的外星人，在对方点头许可之后，上校对军士点了点头。军士按下了录音键。

"我叫格拉思，"竹竿一样的人说，吐字缓慢而清晰，"我来自某颗恒星外围的一颗行星。你们的恒星表中并没有我说的这颗恒星，它属于你们已知的球状星团9万颗恒星中的一颗。从这里出发，往银心的方向走4000多光年才能到达它的位置。

"然而，我并不是代表我的星球和同胞来到这里的，我的身份是银河联盟的全权大使。银河联盟是一个由银河系中的先进文明为了共同的利益而结成的联盟，我的任务就是来拜访你们，然后当即判断你们是否适合加入这个联盟。

"现在你们可以自由提问。不过，我会保留暂不回答某些问题的权利，直到我做出判断为止。如果我的判断结果是'适合'，我将会回答你们所有的问题，包括之前我选择暂不回答的那些。你们看这样可以吗？"

"可以。"上校说，"你是怎么来的，坐宇宙飞船？"

"对，它就在我们的头顶上方，22000英里之外的轨道上。这样它就可以绕着地球旋转，始终与我保持在这个相对位置上。我正在接受它的监视，这也是我想要待在原地并在室外活动的原因之一。如果我想让它下来接我，只要给它发个信号就行。"

"你为什么可以把我们的语言说得这么流利？你会读心术吗？"

"不，我不会。银河系里没有任何一个种族能对自己同胞以外的对象使用读心术。我能说得这么流利，是因为我为了来当大使专门学习过你们的语言。我们的观察员已经混迹于你们之中好几个世纪了——当然，我说的'我们'指的是银河联盟。虽然我显然不可能假扮成地球人，但联盟中的一些其他种族可以。另外，他们可不是间谍或者特工什么的。他们并不想干涉你们，仅仅只是观察员而已。"

"加入你们的联盟对我们有什么好处吗？我是说，如果你们邀请我们加入，而我们也同意加入的话。"上校问。

"首先，一门关于基本社会科学的速通课将会遏止你们自相残杀的倾向，并杜绝或至少控制住你们的侵略行为。当我们确认你们已经学完这门课程，并且可以保证安全使用技术以后，我们会教你们星际旅行以及很多其他的科学技术。只要你们能吸收得过来，我们就能教。"

"那如果我们没有被邀请加入联盟，或者拒绝加入联盟呢？"

"什么都不会发生。你们会被抛下，我们的观察员也会撤离，你们只能自力更生——要么在下个世纪内把你们的星球糟蹋成荒无人烟的废墟，要么自主掌握社会科学，再一次成为联盟成员的候选对象，并接受我们的第二次邀请。我们会随时检查你们的状态，如果确认你们不会自取灭亡，我们还会再来接触你们的。"

"为什么要急着当即就下判断？为什么不多待上一段时间，等我们的……用你的话说，我们的'领导'过来当面和你对话呢？"

"暂不回答。这背后的原因并不重要，但很复杂，我只是不想把时间浪费在解释上。"

"如果你判断我们适合加入联盟，我们要怎么联系你，让你知道我们最终是否同意加入？你很了解我们，应该清楚我一个人做不了这个决定。"

"我们会通过观察员知道你们的决定。如果你们同意加入，我们的一个条件是，你们必须按照正在录音的这盘磁带，把这次谈话的内容不经删减地完整刊登在你们的报纸上。另外，还要附上你们政府内部的所有讨论经过和最终决定。"

"其他国家的政府呢？我们不能代替整个世界做决定。"

"你们的政府被选中作为代表。如果你们同意加入联盟，我们会使用一些技术手段，让其他国家迅速与你们统一意见。那些技术手段并不包含武力或者武力威胁。"

"那肯定是地球上没有的技术手段，"上校挖苦地说，"如果它能在不使用武力威胁的情况下，让那个我不用说出名字的国家迅速与我们统一意见……"

"有时候，给人甜头比武力威胁更有效。你觉得那个你不想提名字的国家会眼睁睁看着你的国家殖民遥远恒星系中的行星，而他们自己却连火星都去不了吗？不过相对而言，这只是一个微不足道的问题，你要相信技术。"

"如果是真的那可就太好了！你刚才说要当即判断我们是否适合加入联盟，我能问问你们的判断依据都有哪些吗？"

"其中一个就是我要——其实我已经做完了——测试你们的排外程度。用更通俗的话说，就是害怕陌生人的程度。我们有一个词专门用来形容对外星人的恐惧和厌恶，但在你们的语言中没有对应的词汇。为了做这项测试，我，或者说我们种族中的一员，被选为第一个与你们直接接触的人。因为你们会觉得我是个类人生物——就像我也觉得你们是类人生物一样，所以相比于外形与你截然不同的种族来说，我会显得更恐怖，更能让你们心生厌恶。在你们看来，我是一个长得很怪异的人类，比那些与你们没有任何相似之处的生物更可怕。

"你们可能在想，你们对我确实有些恐惧和厌恶，但是相信我，你们已经通过了这项测试。银河系中有的种族是无论如何也加入不了联盟的，不管他们的文明多么先进。因为他们十分暴力，而且无可救药地排外，无法接受与任何外星种族见面或者交谈。见到外星生物时，他们不是尖叫着逃跑，就是想要立刻杀掉对方。而通过观察，你们和这些人……"说到这里，他伸出修长的手臂，指了指站在圆圈外围不远处的那些切瑞贝尔居民，"我知道你们在刚看到我的时候会感到非常厌恶，但是相信我，你们的厌恶程度算是较轻的，绝不是无可救药。你们已经顺利通过了这项测试。"

"那还有其他的测试吗？"

"还有一个，我想是时候该……"还没说完这句话，竹竿一样的人就仰面倒在了沙地上，双眼紧闭。

上校急忙站了起来，"怎么回事?！"他说。他快步绕过挂着麦克风的三脚架，俯身察看那个躺在地上的外星人，把一只耳朵贴在了他那看似鲜血淋漓的胸口上。

当他抬起头时，戴德·格兰特——那个头发灰白的探矿老人笑了起来："不会有心跳的，上校，因为他根本就没有心脏。不过，我或许可以把他留给你们做个纪念，你们会在他的内部找到比心脏和肠子更有趣的东西。没错，他是我操纵的一个木偶，就像你们的埃德加·伯根[5]操纵的那个——他叫什么来着？哦对，查理·麦卡锡。他现在完成了他的使命，已经被我停掉了。你可以回到你刚才的位置上去了，上校。"

凯西上校慢慢退回了原位。"为什么要这样？"他问。

戴德·格兰特扯掉了他的胡子和假发，用一块布擦掉脸上的妆，露出了一张英俊年轻的面庞。他说："他告诉你的那些——或者说我通过他告诉你的那些，从某种意义上说都是真的。他是个傀儡没错，但他的样子和银河系中某个智慧种族的成员一模一样。据我们的心理学家推测，如果你们也十分暴力且无可救药地排外，他的形象是最容易激起你们的恐惧的。遗憾的是，我们并没有从他的种族中带来一名真正的成员，和你们做第一次接触。因为他们有一种恐惧症——广场恐惧症，也就是对宇宙的恐惧。他们的文明高度发达，

---

5 | 埃德加·伯根（Edgar Bergen, 1903—1978），美国腹语艺术家、木偶表演家。后文中的查理·麦卡锡和莫蒂默·斯纳德都是他表演时使用的木偶。

在联盟中的地位很高，却从没有离开过他们的星球。

"观察员向我们担保你们没有那种恐惧症，但他们无法预判你们的排外程度，而了解这件事的唯一方法，就是派来一个傀儡做测试，让这个傀儡来与你们做第一次接触。"

上校长叹了一口气，"我不得不说，知道真相多少让我感觉好了点。我们的确可以和类人生物共处——如果我们必须这么做的话。但得知主宰银河系的种族是人类而不是类人生物，还是让我的心情舒畅了一些。第二项测试是什么？"

"你们现在就在接受第二项测试。请叫我……"他打了个响指，"伯根的第二个提线木偶叫什么来着？查理·麦卡锡之后的那个。"

上校一时答不上来，但技术军士给出了答案："莫蒂默·斯纳德。"

"对，所以请叫我莫蒂默·斯纳德。现在，我想是时候该……"他仰面倒在沙地上，闭上了眼睛，就像几分钟前那个竹竿一样的人一样。

这时，那头驴抬起了脑袋，并从技术军士的肩膀上方探进了圆圈里。

"木偶戏演完了，上校。"它说，"现在，主宰银河系的种族是人类还是类人生物，这个问题还重要吗？谁才是银河系的主宰呢？"

喜马拉雅雪人 [6]

昌希·阿瑟顿爵士向他的夏尔巴人 [7] 向导挥手告别。向导们要在这里安营扎寨，让他一个人继续前行。在接下来的旅途中，他们不会再与他同行。这里是喜马拉雅雪人的领地，位于喜马拉雅山脉，珠穆朗玛峰以北几百英里处。喜马拉雅雪人偶尔会出现在珠穆朗玛峰以及中国西藏或尼泊尔的其他山上，但数量最多的还是奥布利莫夫山，就连夏尔巴人也不敢爬那座山。所以他把那些当地向导留在了山脚下，他们会在这里等他回来——如果他还能回来的话。只有勇敢的人才能够跨出这一步，昌希爵士就是一个勇敢的人。

此外，他还是一个影迷。这也是他来到这里的原因。他要独自挑战的不仅仅是一次危险的攀登，还是一场更加危险的营救，如果萝拉·加布拉迪还活着的话——她被一个喜马拉雅雪人抓走了。

昌希爵士还从没见过真实的萝拉·加布拉迪。实际上，他在不到一个月前才得知她的存在。他看了她主演的唯一一部电影，正是那部电影使她一炮走红，成了世界上最漂亮的女人和意大利最迷人的影星。意大利怎么也能生出这种美人？昌希爵士百思不得其解。

6 | 原文为"abominable"，意思是"糟糕"，但"abominable snowman"更通俗的说法为"喜马拉雅雪人"。根据小说内容，标题取为"喜马拉雅雪人"更合适。

7 | "夏尔巴人"，藏语意为"来自东方的人"，散居在喜马拉雅山两侧，因对喜马拉雅山脉非常熟悉，常被聘为登山向导。最早发现雪人踪迹的就是夏尔巴人。

仅凭一部电影，她就取代了芭铎[8]、劳洛勃丽吉达[9]和艾克伯格[10]的地位，成了世界各地影迷心中的完美女人。在银幕上看到她的那一刻，他就知道他必须亲眼见到她本人，否则他将死不瞑目。

但是就在这时，萝拉·加布拉迪失踪了。在拍完第一部电影后的休假期间，她去印度旅行，并加入了一支要去奥布利莫夫山的登山探险队。其他的队员都回来了，只有她没回来。一名队员表示看到过她，但他当时离得太远，没能及时赶到她的身边。他看到她尖叫着被一个约9英尺高、浑身是毛的类人怪物——喜马拉雅雪人——绑走了。队员们搜寻她多日未果，最后还是选择放弃，返回了文明世界。现在，没有人认为她还有生还的可能。

除了昌希爵士。为此，他在第一时间从英国飞到了印度。

他奋力向上攀登，已经来到了终年覆盖积雪的高度。在登山装备之外，他还携带了一把重型来复枪，他去年用它在孟加拉打过老虎。据他推测，如果它能杀死老虎，那么应该也能杀死喜马拉雅雪人。

接近云层时，雪花在他的身边打起了转。突然，他看到前方几十码处有一个硕大的类人身影一闪而过。他端起来复枪开了火。只见那个身影向后仰倒，然后向下坠去——它刚才站在一处悬崖上，身下是几千英尺的虚空。

就在开枪的一瞬间，一双手臂从身后环抱住了昌希爵士。那双手臂粗壮有力，上面全是毛。接着，其中一只手控制住他，另一只手拿走了他的来复枪，像折牙签似的轻而易举地将它折成了"L"形，扔到了一边。

一个声音从他头顶上方两英尺处传来："安静点，你不会受伤

---

8 | 碧姬·芭铎（Brigitte Bardot, 1934— ），法国演员。

9 | 吉娜·劳洛勃丽吉达（Gina Lollobrigida, 1927—2023），意大利演员。

10 | 安妮塔·艾克伯格（Anita Ekberg, 1931—2015），美国演员。

的。"昌希爵士是一个勇敢的人，但他这时还是只会吱哇乱叫，尽管刚才的那句话似乎让他的安全得到了点保障。

身后的那个怪物将他紧紧按住，让他无法抬头或转头去看那个家伙的脸。

"请让我解释一下。"从他后上方传来的那个声音说，"我们——你们口中的'喜马拉雅雪人'——其实也是人类，只不过发生了变异。在很多个世纪以前，我们也是一个类似于夏尔巴人的部落。我们偶然发现了一种药物，它可以让我们的身体发生改变，拥有更大的体形、更多的毛发，以及一些其他的生理特征，以适应极度的寒冷和极高的海拔。因此我们才能移居到山上，在其他人无法生存的地方生活，偶尔来打扰我们的只有登山探险队员。你明白了吗？"

"明……明……白。"昌希爵士从牙缝里挤出了几个字。他仿佛看到了一线生机。如果这个怪物想要杀他，为什么还要向他解释这些？

"那我就接着做进一步的解释了。我们的人口不多，而且正在持续减少。因此，我们偶尔会抓捕一些像你这样的登山者。我们会对他们使用变异药物，他们的身体发生改变以后，就会成为我们中的一员。我们就是通过这种方式，把人口维持在一个较少却相对稳定的数量上的。"

"那……那……"昌希爵士的舌头变得不利索起来，"我要找的那个女人，萝拉·加布拉迪是不是也遇到了这种事？她现在8英尺高，浑身是毛，还……"

"曾经是的，但你刚才把她杀了。我们的一个部落成员把她当作伴侣。我们不会为了她而向你复仇，但事到如今，你必须顶替她。"

"顶替她？可我是个男的！"

"谢天谢地！"后上方的那个声音说。这时，他的身体被转了过来，贴在一个硕大多毛的躯体上。他的脸刚好埋进了那对山峰般隆起的毛茸茸的双乳间。"谢天谢地，因为我是一个喜马拉雅女雪人。"

昌希爵士当场昏了过去，他的伴侣将他轻轻捡起，像抱一条玩具狗似的把他带走了。

空中之乱

一

这个故事里的事件发生时，罗杰·杰罗姆·菲鲁特——这么稀罕的名字确实存在——还是科尔天文台里一名兢兢业业的员工。

他的才华并不是很出众，但他每天都能勤奋且高效地完成工作，晚上回家后还会自学一小时的微积分，渴望有朝一日能在某些重要的天文台当上首席科学家。

然而，这件发生在1999年3月底的事还是必须从罗杰·菲鲁特说起。这么做的原因充分且合理，因为他是全世界第一个发现恒星偏移的人。

让我们来认识一下罗杰·菲鲁特。

他的个子很高，肤色因为长时间待在室内而显得苍白，戴一副贝壳镶边的厚片眼镜，深色的头发修剪得短短的——很符合90年代人的风格，穿着不够精致却也不算邋遢，烟瘾相当大。

那天下午4点45分，罗杰正忙着干两件事。一件是用闪烁显微镜[11]检查一张拍摄于前一天后半夜的双子座局部照片，另一件则是纠结要不要拿出上星期剩下的3美元工资，打电话约埃尔西出

---

11 | 一种用于天文研究的仪器，又称闪视比较仪。

来玩。

每个普通的年轻人肯定都在某些时候纠结过后面那种问题，但并不是每个人都操作过闪烁显微镜，或者理解闪烁显微镜的运作原理。所以，让我们暂时把目光从埃尔西转移到双子座的照片上。

一台闪烁显微镜下可以放置两张照片底片。这两张底片的拍摄时间不同，但拍摄的对象是同一片天区。操作员会小心翼翼地将两张底片并排放置，然后透过目镜交替查看它们。借助一个类似于快门的装置，操作员可以将视野中的底片从一张迅速切换到另一张。如果两张底片完全相同，从目镜中看到的图像就不会在按下快门时发生变化。但如果第二张底片上某颗星点的位置与第一张不同，这颗星点就会在按下快门时来回跳动，引起操作员的注意。

罗杰按下快门，一颗星点跳了一下。罗杰也吃惊地跳了起来。一时间他像我们一样，把埃尔西的事完全抛在了脑后。他又试了一次，那颗星点又跳了一次，大约跳了十分之一角秒。罗杰站起身挠了挠头，点燃一支烟放在烟灰缸上，然后又把眼睛凑到了闪烁显微镜的目镜前。按下快门时，那颗星点又跳了一下。

来值夜班的哈里·韦森刚刚走进办公室，此刻正在挂他的大衣。

"嘿，哈里！"罗杰说，"闪烁显微镜好像出毛病了。"

"哦？"哈里说。

"千真万确，北河三[12]偏移了十分之一角秒。"

"是吗？"哈里说，"呃，有视差[13]很正常。北河三距离我们32光年[14]，视差是0.101，只比十分之一角秒多一点。所以，如果你用来对照的底片拍摄于6个月前，那就没问题，当时地球正处于公转轨道的另一侧。"

---

12 | 即双子座 β 星。

13 | 从一定距离的两个点上观察同一个目标时产生的方向差异。

14 | 实际距离约34光年。

"可是哈里，这张对照底片是前天晚上刚拍的，两张底片的拍摄时间只隔了24小时。"

"你疯了吧？"

"你自己看！"

虽然还不到5点，但哈里·韦森还是大度地在规定上班时间到来之前坐在了闪烁显微镜前。他按下快门，北河三很给面子地跳了一下，它周围的暗淡星点全都静止不动。

那颗星无疑是北河三，因为它比底片上的其他星星都要亮。北河三是一颗1.2等星[15]，是夜空中最亮的12颗星之一，也是迄今为止双子座中最亮的星。

"嗯……"哈里·韦森皱了皱眉，又试了一次。"其中一张底片的拍摄日期标错了，肯定是这么回事，我会先核查一下这个问题。"

"底片上的日期没有错，"罗杰笃定地说，"是我亲自标的日期。"

"所以才可能出错。"哈里说，"回家吧，已经5点了。如果北河三昨天晚上偏移了十分之一角秒，我会帮你把它挪回去的。"

罗杰只好选择离开。

他不知为何感到惴惴不安，就像是干了什么不该干的事。他说不清到底是哪里出了问题，但他的不安肯定是有原因的。他决定用步行代替坐公交车回家。

北河三是一颗恒星，不可能在24小时内偏移十分之一角秒。

"让我算算看，32光年……"罗杰自言自语道，"十分之一角秒……怎么会?! 这说明它的移动速度是光速的好几倍，这绝对不可能！"

难道不是吗？

15｜根据最新数据，北河三的视星等为1.14等，绝对星等为1.08等。星等是衡量天体光度的量，星等值越小，星星越亮；星等值越大，星星越暗。

他不太想在这天晚上学习或看书，可是 3 美元够约埃尔西出来玩一趟吗？

前方典当行门外的 3 颗圆球[16]依稀可见，他禁不住诱惑，当掉了自己的手表，然后给埃尔西打了电话。

"想不想出来吃晚饭、看电影？"

"当然，罗杰。"

他在凌晨 1 点半时把埃尔西送回家，一点都没想天文学的事。这没什么奇怪的，要是这种时候还想着天文学那才叫奇怪呢。

然而在离开她以后，那种焦躁不安的感觉马上又回来了。刚开始，他只是觉得还不太想回家，并没有意识到背后的原因是什么。

街角的一家酒馆还开着，他随性地走了进去，回过神时已经在喝第二杯酒了。

他又点了第三杯酒。

"汉克，"他对酒保说，"你知道北河三吗？"

"北河三是谁？"汉克问。

"算了。"罗杰说完又点了一杯酒，接着回想起整件事的经过。对，他肯定是把什么地方搞错了，北河三不可能发生偏移。

他出了酒馆，继续往家走。快到家的时候，他突然抬起头想要看看北河三。虽然知道肉眼不可能分辨出十分之一角秒的偏移，但他还是按捺不住自己的好奇心。

他仰望夜空，首先找到了狮子座的"镰刀[17]"，然后找到了双鱼座。当晚的天气情况不太适合观星，北河二[18]和北河三成了双子座中仅有的两颗肉眼可见的星星。它们在那里，没问题，但是看起来比平时离得远了一点。这不可能！因为这意味着偏移已经明显到

16｜欧美国家的典当行普遍会在店门外高悬 3 颗金色圆球作为企业标识。

17｜狮子座中有 6 颗星组成了一个镰刀的形状，这是狮子座的主要特征之一。

18｜即双子座 α 星。

了角度的量级，而不是角分或者角秒。

他盯着它们看了一会儿，然后转头看向了北斗七星。接着，他停下脚步闭上了眼睛，又小心翼翼地再次睁开。

北斗七星看起来也不太对劲。它变形了！斗柄上玉衡[19]和开阳[20]之间的距离反而比开阳和瑶光[21]之间的距离要大，斗勺底部的天玑[22]和天璇[23]离得很近，使勺底和勺口之间的夹角变大了，而且大得相当明显。

他不敢相信自己的眼睛，试着将天璇和天枢[24]用一条假想中的线连接起来，然后延长到北极星。那条线是弯的。它只能是弯的，因为如果他画成直线，北极星就会偏离 5 度左右。

罗杰的呼吸变得有些困难。他摘下眼镜，用手帕认真地擦了擦镜片，然后又重新戴上。北斗七星依然是变形的。当他回过头去再看狮子座时，发现狮子座也变了形——轩辕十四[25]相对于它原本的位置偏移了一到两度。那么遥远的轩辕十四居然偏移了一到两度！它离地球有 65 光年[26]吧？差不多是这个距离……

这时，罗杰忽然想起自己刚喝过酒，这才没有疯掉。直到回到家他都没敢再抬头看夜空一眼。他爬上床，但久久不能入睡。

他感觉自己并没有喝醉，现在反倒更精神了，大脑非常清醒。

他开始纠结要不要给天文台打电话。他的声音在电话那头儿听来会不会像个醉鬼？醉鬼就醉鬼吧！他最终下定决心，穿着睡衣来到了电话前。

19 | 即大熊座 ε 星。
20 | 即大熊座 ζ 星。
21 | 即大熊座 η 星。
22 | 即大熊座 γ 星。
23 | 即大熊座 β 星。
24 | 即大熊座 α 星。
25 | 即狮子座 α 星。
26 | 实际距离约 79 光年。

"抱歉，"接线员说，"请问您是什么意思？"

"我无法为您转接，"接线员用温婉的语调说，"抱歉，我们没有天文台的转接方式。"

他找来首席接线员问明了情况。原来，科尔天文台的工作人员曾因为接到太多业余天文爱好者的来电而烦心不已，于是他们请求电话公司不要把任何电话转接到台里，除非是从其他天文台打来的长途电话。

"谢谢，"罗杰说，"那能帮我叫一辆出租车吗？"

一般人是不会让电话公司帮忙做这种事的，但首席接线员还是帮他叫来了一辆出租车。赶到科尔天文台时，整个天文台已经几乎变成了疯人院。

第二天一早，多家报纸都刊登了相关新闻。虽然大多数报纸只给这则新闻在内页上留了两三英寸的位置，但新闻的真实性毋庸置疑——

一部分恒星，尤其是最亮的那些，在过去的 48 小时内发生了肉眼可见的自行运动。

"这并不是说，"《纽约聚焦》调侃道，"恒星们以前都不是自己动的。天文学上的'自行运动'指的是一颗星星在天空中相对于其他星星的运动。迄今为止，蛇夫座中的巴纳德星是所有已知恒星中自行运动最显著的恒星，自行速度为每年十又四分之一角秒，不过肉眼是无法观测到它的。"

那天，所有的天文学家恐怕都彻夜难眠。

天文台纷纷紧锁起大门，将所有的员工都关在里面，不允许任何外人进入。即便偶尔有报社记者进来采访，也会在待上一阵后满脸茫然地离去，唯一获得的情报就是真的出了怪事。

闪烁显微镜一刻不停地运转，天文学家们也同样不眠不休，咖啡的消耗量大得惊人。6个美国的天文台呼叫了防暴警察，其中两个是为了阻止狂热的业余天文爱好者强行闯入，另外4个是为了镇压天文台内部人员之间因为争执而引起的斗殴。利克天文台的办公室里一片狼藉，英国皇家天文学家詹姆斯·特维尔被愤怒的下属用相框狠狠砸中了脑袋，因轻微脑震荡被送进了伦敦医院。

然而，以上这些只是极个别的现象。总的来说，各大天文台还算是秩序较为良好的疯人院。更上心的天文学家都在关注来自东半球的报告——几乎所有的天文台都在持续接收夜半球的信号，以获取有关异象的实时情报。

此时处于夜半球的新加坡、上海、悉尼等地的天文学家直接打来长途电话，汇报了他们的观测结果。

来自悉尼和墨尔本的报告尤为引人注目，因为无论在欧洲还是美国都无法看到南半球的夜空。这些报告称，南十字座已经不再是一个"十"字，它的 α 星和 β 星都已经向北偏移。半人马座的 α 星和 β 星、船底座的老人星[27]以及波江座的水委一[28]，全都发生了肉眼可见的自行运动，而且基本上都是向北偏移。与此同时，南三角座和麦哲伦星云却稳居原位，南极座的 Σ 星——暗淡的南极星也没有发生偏移。

南半球的夜空也乱套了。虽说从数量上看，南天中发生偏移的恒星比北天要少，但它们给天文学家带来的困惑有增无减。这几

---

27 | 即船底座 α 星。
28 | 即波江座 α 星。

颗恒星大体上都在向北移动，然而它们的行进路线并非直指北方，最终也不会汇集到某一点上。

美国和欧洲的天文学家听到这些消息以后，又喝了更多的咖啡。

二

美国的晚报对夜空中的异象颇为关注。多数报纸将相关报道挪到了头版——但还不是头条——的一个半栏里，篇幅长短完全取决于编辑从天文学家那里获得了多少可引用的信息。

天文学家们给出的信息往往只是对事实的描述，不包含个人观点。他们表示，事实本身就已经足够震撼了，而目前对事实做出评判还为时过早。

"再等等看，一切都发生得太快了。"

"有多快？"编辑问。

"比你能想象到的还要快。"他们答道。

说没有编辑在事发初期获得天文学家的观点或许不够准确。查理斯·旺格伦——《芝加哥刀锋报》的一位有为的编辑，曾经为了此事把一小笔积蓄花在了打长途电话上。在尝试了将近 60 次后，他终于联系上了 5 个天文台的首席科学家，然后问了他们每个人同样的问题。

"您认为昨天和前天晚上恒星发生偏移的原因是什么？任何可能的原因都行。"

他把得到的答复整理在了一张表里。

"我也想知道。"杰奥·F.斯塔布斯，特里普天文台，长岛。

"肯定是有什么东西疯掉了，我希望那是我，我自己。"亨利·科利斯特·麦克亚当斯，劳埃德天文台，波士顿。

"这是不可能的，没有任何可能的原因。"莱顿·蒂肖克·丁尼，伯戈因天文台，阿尔伯克基。

"我想找个占星学专家问问，你认识吗？"帕特里克·R.惠特克，卢卡斯天文台，佛蒙特。

"一切都荒唐至极！"吉尔斯·马修·弗雷泽，格兰特天文台，里士满。

旺格伦郁闷地看着那张他花了187.35美元（含税）换来的记录表，签了长途电话费的支付账单，然后把记录表扔进了废纸篓。接着，他给常合作的科学专题撰稿人打去了电话。

"能不能给我写一系列文章，每篇两三千字，谈谈最近天文界的大事？"

"没问题，"撰稿人答道，"什么大事？"他刚刚从旅行中归来，最近既没看报也没仰望过星空。尽管如此，他最后还是写出了那些文章，甚至还用插图给文章增加了点情趣。比如用半裸女人来展现星座的复古插画、《银河的起源》[29]之类的世界名画，还有一张泳装少女手拿望远镜看星星的照片——估计是在看某一颗偏移的恒星。一番操作之后，《芝加哥刀锋报》的销量增加了21.7个百分点。

科尔天文台的办公室又迎来了下午5点。这时，那件天文界大事的开端仅仅过去了24小时15分钟。罗杰·菲鲁特——是的，我们又要说回他了——被一只突然搭上肩膀的手惊醒了。

"回家吧，罗杰。"他的领导默文·安布鲁斯特和蔼地说。

---

29 | 1578年意大利画家丁托列托创作的一幅布彩油画。画作内容表现的是赫耳墨斯奉宙斯之命把赫拉克勒斯带到赫拉身边，让他偷吮赫拉的奶水，结果赫拉克勒斯的动作太大，导致赫拉从睡梦中惊醒，奶水喷涌而出，化作了天空中的银河。

罗杰一下子坐直了身子。

"等等,安布鲁斯特先生,"他说,"我很抱歉,我不该打瞌睡的。"

"不是因为这个。"安布鲁斯特说,"你不用继续在这里工作了,我们所有人都不用了,回家吧。"

罗杰·菲鲁特回到了家。他洗了个澡,感觉心中的不安还是大过身体上的疲惫。这时才 6 点 15 分,于是他给埃尔西打了个电话。

"我很抱歉,罗杰,我已经有约了。发生了什么,罗杰?我是说那些星星。"

"哦,天哪,埃尔西,它们在动,可是没人知道!"

"可是所有的星星都在动啊,"埃尔西反驳道,"太阳也是一颗星星,对吗?你曾经告诉我说,就连它也在向着武森座的一点移动。"

"武仙座。"

"对,武仙座。既然你说所有的星星都在动,那大家现在在惊奇什么呢?"

"这回不太一样,"罗杰说,"就说老人星吧,它正在以每天 7 光年的速度移动,这是不可能的。"

"怎么不可能?"

"因为,"罗杰耐心地解释道,"没有东西可以走得比光还快。"

"可如果它确实走得那么快,就说明是有可能的。"埃尔西说,"也可能是你们的望远镜出了什么毛病。不管怎么说,它离我们远得很,不是吗?"

"160 光年[30]。它离我们太远了,我们只能看到 160 年前的它。"

"那么,也许它根本就没在动。"埃尔西说,"我的意思是,它很可能在 150 年前就停止了移动,而你们却还在为一些毫无意义

---

30 | 老人星与太阳系的实际距离约 310 光年。

的事情大惊小怪———一切早就结束了。你还爱我吗？"

"当然，亲爱的。你能不能别去赴那个约？"

"恐怕不行，罗杰，我也希望我可以。"

他只好就此罢休，决定走到市郊去吃晚饭。

这时还是傍晚，晴朗的蓝天正在逐渐变暗，但星星还没有出现。

罗杰知道，当今晚的星星出现时，他能辨认出的星座已经寥寥无几了。

他一边走，一边翻来覆去地想着埃尔西的话，他发现她的睿智丝毫不逊于科尔天文台里的那些天文学家。她提出了一个他从未想到过的全新角度，从而让问题变得更加复杂难解了。

所有的自行运动都开始于同一个晚上，但实际上又不是。半人马座应该是 4 年前开始移动的，参宿七[31]则在 540 年前就已经动身了——那时克利斯托弗·哥伦布还是个小不点。织女星[32]出发于他——罗杰自己——出生的那年，也就是 26 年前。几百颗自行恒星中的每一颗，都要根据它与地球之间的距离选择启程时间，而且这个距离要精确到以光秒为单位。只有这样，人们才会在昨晚拍摄的底片上看到所有的恒星自行运动都开始于格林尼治时间的凌晨 4 点 10 分。这怎么可能？！

这只能意味着，光具有了无限的速度。

如果不是那样……罗杰的痛苦之处就在于他可以做出这个难以置信的假设。那么……那么会怎样呢？情况依旧是一团乱麻。

对于正在发生的事，他最大的感受就是愤怒。

他走进一家餐厅坐了下来，一台收音机正在大声播放着最新的迪萨瑞舞曲[33]———一种新潮的四分音舞曲，以木管乐器的和弦为伴

31 | 即猎户座 β 星。
32 | 即天琴座 α 星。
33 | 作者虚构的舞曲风格。

奏，主旋律是用手鼓击出的野性曲调。在每首舞曲之间都会有一位播音员出来狂热地推销一种商品。

罗杰大嚼着三明治，沉浸在迪萨瑞舞曲的旋律当中，同时努力让自己的耳朵屏蔽掉商业广告的声音。大多数90年代的聪明人都学会了一种针对收音机的选择性失聪，他们可以让耳朵自动屏蔽掉扬声器里传出的人声，却依然能够欣赏夹在两段人声之间的过场音乐。在这个广告竞争无比激烈的年代，人口稠密的地区方圆几英里内都找不到一面白墙，到处都贴满了广告。尚且清醒的人们，只能靠耐心地培养出的选择性失明和失聪的能力来维持正常的价值观，屏蔽掉大量针对他们的感官刺激。

正因如此，当那则很长的新闻在迪萨瑞舞曲之后播出时，罗杰先是把它当成了耳边风。一段时间以后，他才察觉自己听到的不是新式早餐的广告词。

他熟悉那个声音，又听了一两句后，他确定说话的是知名物理学家米尔顿·黑尔。黑尔提出的最新理论是关于不确定性原理的，最近在科学界引发了不少争议。很显然，黑尔博士正在接受播音员的采访。

"……因此，一个天体可能拥有位置和速度却不能同时拥有两者。相对于任何给定的时空参考系来说都是这样。"

"黑尔博士，您能用更通俗易懂的语言解释一下吗？"采访者用比蜜还甜的嗓音说。

"这就是通俗易懂的语言。用科学的语言来说的话，就是根据海森伯的量子原理，括号里的 n^7 所代表的迪德里希量子整数的伪位置与质量的第七曲率系数有关。"

"谢谢您，黑尔博士，但恐怕您还是有点高估了我们听众的智商。"

还有你自己的智商，罗杰·菲鲁特想。

"黑尔博士，我想我们的听众最关心的问题就是，这种前所未有的恒星自行运动是真的还是错觉？"

"两者都是。在空间参考系中是真的，在时空参考系中是错觉。"

"您能再说得明白一点吗，博士？"

"可以。问题的关键完全在于认识论，从严格的因果关系上讲，当宏观层面的影响……"简直是不知所云！罗杰·菲鲁特想。

"作用在熵梯度的平行性上……"

"一派胡言！"罗杰大嚷道。

"您刚才说什么了吗？先生？"女服务员问道。

罗杰这才注意到女服务员的存在，发现她金发碧眼，长得娇小可人。他对她笑了笑。

"这取决于用哪个时空参考系，"他不带任何感情地说，"关键在于认识论。"

为了化解尴尬，他付了她多于往常的小费，然后离开了餐厅。

原来，对于此刻正在发生的事，世界上最有名的物理学家知道的比公众还要少。公众尚且知道恒星要么动了要么没动，而黑尔博士显然不明白这一点，居然还仗着自己的权威，声称两者在同时发生。

罗杰抬头看了看，在万千霓虹灯和信号灯的影响下，只有几颗暗淡的星星在傍晚的天空中隐约可见。时间还太早了，他想。

他在附近的一家酒吧要了杯酒，但感觉并不好喝，于是没喝完就离开了。由于睡眠不足，他现在其实已经酩酊大醉，只是自己还没有察觉。他唯一知道的就是自己还不困，打算一直走到想睡觉了为止。这时如果有人冲上来给他一闷棍，反倒是帮了他的大忙。可惜没有人主动上来找碴儿。

他继续走了一阵，然后拐进了一家灯火辉煌的影院大厅。他买了一张电影票，来到座位上，正好赶上了正在上映的三部故事片中的一部放映到悲情结尾。接着是几则广告，他尽可能地没往脑子里去。

"接下来，"银幕上的声音说，"我们将为您放映一段伦敦夜空的特别直播，那里现在是凌晨3点。"

整个银幕暗了下来，上面闪烁着数以百计的微小星点。罗杰探出身子细看，竖起耳朵聆听说话者的声音——这应该是实时转播的影像和声音，不是无聊的广告。

"这个箭头，"声音说到这里时，一个箭头出现在了银幕上，"现在指向的是北极星，它现在往大熊座的方向偏移了10度左右。大熊座——也就是北斗七星——现在已经不是勺子的形状了，箭头将会为大家指出以前构成它的7颗星。"

罗杰屏住呼吸，注意力全部集中在那个箭头和声音上。

"这是瑶光和天枢，"那个声音说，"恒星的位置改变了，但是——"

这时银幕上画风突变，出现了一幅现代厨房里的场景。"恒星烤箱的品质和优越不会改变，超感应振动法烹饪出的食物和以往一样美味！恒星烤箱，天作之选！"

罗杰慢悠悠地从座位上站起来，沿着过道向银幕走去。他从口袋里掏出一把小折刀，轻轻跳上银幕前的台子，不带丝毫愤怒地将刀刺进了幕布。他有条不紊地精心安排着每一刀该刺的位置，设法用最小的力气造成最大的破坏。

当银幕彻底报废的时候，3名工作人员冲上来将他团团围住，然后送到了警察面前，而他自始至终没有做任何抵抗。在一小时后的夜间法庭上，他默默地听着人们对他的指控。

"你认不认罪？"主法官问。

"法官大人，问题的关键完全在于认识论。"罗杰煞有介事地说，"恒星移动了，但是谷物吐司——世界上最棒的早餐，依然代表着迪德里希量子整数的伪位置与质量的第七曲率系数有关！"

10分钟后，罗杰已经在牢房里呼呼大睡。即便是在牢房里，他依然睡得很香，因为这里很安静——牢房是隔音的。是警察把他带到这里的，因为他们发现他急需补觉。

在那晚发生的其他小型案件中，还包括帆船"萨根塞特"号的事。当时它已经驶离加利福尼亚，距离海岸有相当一段距离。这时，一阵突如其来的暴风把它又往远处吹了好几英里，具体英里数只能靠船长来猜测。

"萨根塞特"号是一艘美国帆船，上面有一帮德国船员，在委内瑞拉登记注册，从事由恩森那达、下加利福尼亚到加拿大海岸的酒类走私——当时的加拿大正在实施禁酒令。"萨根塞特"号的船龄已经很大，发动机里满是泥垢，罗盘也不太靠谱。长达两天的暴风雨让船上那台生产于1975年的收音机也逐渐失灵，即便是大副汉斯·格罗斯也没能将其修好。

现在，暴风雨已经过去，只留下了一片残雾。微风正在逐渐将雾气吹散，格罗斯捧着一个古老的星盘站在甲板上等待着。他的周围一片漆黑——为了躲避巡逻队的搜查，帆船在航行时是不会点灯的。

"雾散了吗，格罗斯？"船长的声音从下方的船舱里传来。

"是的长官，散得很快。"

船舱里，兰德尔船长继续与他的二副和工程师玩起了"21点"游戏。一名船员——有着一条木头假腿的德国老人韦斯则正靠在水龙头后面睡觉。韦斯有可能睡在任何地方。

时间过去了半个小时，一个小时，船长终于惨败给了工程师，大声喊道："格罗斯！"

没有人回答。船长又喊了一声，还是没有听到回答。

"稍等一下，我的好朋友们。"他对二副和工程师说了一声，然后沿着楼梯爬到了甲板上。

格罗斯站在那里，目瞪口呆地盯着上方。雾已经完全散了。

"格罗斯？"兰德尔船长说。

大副没有回答，但船长注意到他正在缓慢地转动身体。

"汉斯！"兰德尔船长说，"你这是怎么了？"说完，他也向天上望去。

乍看之下，天空一切正常。既没有天使到处乱飞，也没有飞机的引擎声传来。北斗七星——兰德尔船长以比汉斯·格罗斯稍快的速度慢慢转过身子——北斗七星去哪儿了？！

还有，所有的星座都去哪儿了？他现在认不出天上的任何一个星座。

没有狮子座的镰刀，没有猎户座的腰带[34]，也没有金牛座的犄角[35]……更离谱的是，有8颗亮星组成了一个近似八角形的形状，看起来像是星座。然而就算这样的星座真的存在，他也从未见过。

---

[34] 猎户座内的3颗亮星组成了腰带的形状，寻找猎户座的腰带是在夜空中定位猎户座最简单的方法。
[35] 金牛座是由5颗星组成的V字形星座，形似牛角。

他曾经到过合恩角和好望角，也许当时——不，就连南十字座都已经不存在了！

兰德尔船长目光呆滞地走到了楼梯口。"魏斯科普夫，"他喊道，"赫尔姆斯塔特，到甲板上来！"

船员们走了上来，看向天空，一时间全都陷入了沉默。

"关掉发动机，赫尔姆斯塔特。"船长说。赫尔姆斯塔特向船长敬了个礼——这是他有生以来第一次敬礼，然后便走下了甲板。

"船长，需要我叫醒韦斯吗？"魏斯科普夫问。

"叫他干什么？"

"我也不知道。"

船长考虑了一下，说："把他叫醒。"

"我们像是到了火星上……"格罗斯说。

但船长已经想到并排除了这种可能。

"不会的，"他肯定地说，"在太阳系的任何一颗行星上，星座看起来应该都差不多。"

"您是说我们已经离开了太阳系？"

这时，发动机突然停止了震动，只剩下海浪柔和地拍打着船身，让船体悠然轻晃。

魏斯科普夫带着韦斯回来了。赫尔姆斯塔特也回到了甲板上，他又向船长敬了一个礼，说："接下来怎么办，船长？"

兰德尔船长举起一只手指向船尾，那里的甲板上高高地堆放着好几箱烈酒，上面盖着一块防水布。

"开箱。"船长下令道。

船舱里的"21点"游戏没有再继续下去。直到第二天黎明，当那颗他们本以为再也见不到——他们也确实没有亲眼见到——的太阳升起来时，5个烂醉如泥的人被海岸巡逻队从船上拖下来，关进了旧金山港的监狱。那一夜，"萨根塞特"号漂过了金门大桥，轻轻撞上了伯克利码头。

这艘帆船的尾部拖着一块巨大的防水布，布上插着一把鱼叉，而鱼叉又被一根绳子牢牢地绑在了后桅杆上。官方一直没有对这背后的原因做出解释，但几天后，兰德尔船长隐约回忆起他那晚用鱼叉插中了一只抹香鲸。与此同时，老当益壮的船员韦斯从未弄清过当时他的木头假腿去了哪里——这或许倒是件好事。

三

知名物理学家米尔顿·黑尔博士录完了他的节目。

在播音员说出那句"非常感谢，黑尔博士"之后，麦克风上的黄灯长亮起来，示意收音已经结束。

"请到窗口领取您的支票。呃，您应该知道是哪儿。"

"我知道。"物理学家说。他身材矮胖，脸上总是笑呵呵的，乱蓬蓬的白胡子让他看起来像是一个迷你版的圣诞老人。他眯着眼睛，叼起一支短短的烟斗。

他离开了录音棚，迈着欢快的步子沿着走廊来到了出纳员的窗口前。

"你好啊，小可爱，"他对值班的女孩说，"我想你应该有两张支票要给黑尔博士。"

"你就是黑尔博士？"

"我有时候也怀疑这一点，"身材矮胖的男人说，"但我确实有可以证明这个身份的证件。"

"两张支票？"

"对，两张，都是出席同一场节目的酬劳——作为特别嘉宾。说起来，今晚马布里剧院有一场精彩的滑稽戏。"

"是吗？给，这是你的支票，黑尔博士。一张是 75 美元，另一张是 25 美元，没错吧？"

"完全正确。所以，要不要去马布里剧院看戏？"

"如果你不介意的话，我可以打电话问问我丈夫同不同意，"女孩说，"他是马布里剧院的门卫。"

黑尔博士长叹了一口气，但依然笑眯眯的。"我想他会同意的，"他说，"这是门票，亲爱的，你可以带着它们去找你丈夫。我想起今晚还有工作要做。"

女孩吃惊地睁大了眼睛，但最后还是收下了门票。

黑尔博士走进电话亭，给家里打了个电话。他的家和他本人都归他的姐姐掌管。

"阿加莎，我今晚必须留在办公室。"他说。

"米尔顿，你在咱们家的书房里也一样可以工作。我听了你的节目，米尔顿，讲得真好。"

"纯属胡说八道，阿加莎，我说的都是废话。我都说什么了？"

"怎么突然这么问？你说……呃，那些星星……我是说，你并没有……"

"没错，阿加莎，我是想避免引起大众恐慌。如果我向他们吐露实情，他们就该担心了。只有表现出胸有成竹和很懂科学的样子，才能让他们以为一切都……呃，在我们的掌控之中。阿加莎，你明白我说的'熵梯度的平行性'是什么意思吗？"

"呃……不太明白。"

"我也不明白。"

"米尔顿，告诉我，你是不是喝酒了？"

"还没……不，我没喝。我今晚真的不能回家，阿加莎，我要去大学里的办公室工作，因为我得去图书馆里找参考书，还有一些星图。"

"有件事还没说，米尔顿，你录节目的报酬呢？你知道，现金放在你的口袋里是不安全的，尤其是当你要待在外面的时候。"

"没有现金，阿加莎，只有一张支票。我去办公室前就把它寄给你，不会自己兑换成现金的，这样总行了吧？"

"好吧，如果你非要去图书馆的话，就必须先把它寄给我。再见，米尔顿。"

黑尔博士来到马路对面的一家杂货店，在那里买了一张邮票和一个信封，并提现了那张 25 美元的支票。接着，他把 75 美元的那张支票装进信封寄回了家。

他站在邮筒边上，抬头看了一眼傍晚的天空，随即在一阵寒战之后垂下眼睛，径直走向了最近的双倍苏格兰威士忌酒吧。

"你有段时间没来了，黑尔博士。"酒保迈克说。

"是啊，迈克，再来一杯。"

"没问题，这次我请客。我们刚才在收音机里听到了你的节目，你讲得真好！"

"好吧。"

"真的讲得很好！我一直有点担心天上的情况，毕竟我儿子是个飞行员嘛。但只要你们这些科学家知道是怎么回事我就放心了。那真是一场精彩的演讲，博士。不过，我还是想请教你一个问题。"

"我就怕这个。"黑尔博士说。

"那些星星在向着某个地方移动，它们到底要去哪儿呢？我是指，如果像你说的，它们真的在动的话。"

"我也说不清楚，迈克。"

"每颗星星走的都是直线吗？"

备受称赞的科学家犹豫了一会儿，说："呃……是，但也不是。根据光谱分析，它们与我们之间的距离始终保持不变，每一颗星星都是。所以，如果它们真的在动——我只是说如果这是真的，那它们应该是在围着我们转圈，而这些圆圈的线条是直的。也就是说，我们像是处于这些圆圈的中心，所以星星不会离我们越来越近，也不会越来越远。"

"你能把这些圆圈画出来吗？"

"在星球仪上是可以的，而且我们已经尝试过了。这些星星都在朝着天空中的一个特定区域走，但最终并不会交会在一点上。"

"它们在往哪个区域走？"

"大概在大熊座和狮子座之间，迈克。距离那个区域最远的星星走得最快，距离最近的走得最慢。不过我说迈克，你可真讨厌，我来这儿就是为了忘掉那些星星，不是来和你聊它们的。再来一杯！"

"马上，博士。那它们走到那个区域的时候会停下来吗？还是说会继续走？"

"我怎么知道，迈克？！它们在同一时刻突然开始走，而且初始速度就是最高速度——我的意思是，它们从一开始就在以现在的速度走，没有所谓的加速阶段。所以，我猜它们也会毫无征兆地停下来。"

就像那些星星会毫无征兆地停下一样，他说到这里时也突然停了下来，直勾勾地盯着吧台后方镜子里的自己，就像从没见过自己的镜像似的。

"怎么了，博士？"

"迈克！"

"我在，博士。"

"迈克，你是个天才！"

"我？你在开玩笑吧。"

黑尔博士叹了口气，说："迈克，我得到大学去把这个问题解决，那里有图书馆和星球仪可以用。你让我成了个诚实守信的人，迈克。不管这是什么牌子的苏格兰威士忌，给我打包一瓶。"

"这个牌子叫'花格布'，要一夸脱？"

"一夸脱。动作麻利点，我现在就得走了。"

"这么着急吗，博士？"

博士又长叹了一声，说："这都要怪你，迈克。是的，就是这么着急。我真希望自己没来过这儿，迈克。这是我几个星期以来第一个自由的夜晚，现在你把它毁了。"

他打了一辆车来到大学，打开了自己办公室和图书馆里的灯，在喝下一大口浓烈的花格布威士忌后开始工作。

他在电话里向首席接线员介绍了自己是谁，经过一番口角，终于联系上了科尔天文台的首席科学家。

"我是黑尔，安布鲁斯特，"他说，"我有了一个想法，不过在着手解决问题之前，我想先核对一下手上的数据。根据我上次得到的消息，一共有468颗恒星发生了自行运动，这个数字现在还有效吗？"

"有效，米尔顿。还是那些星星在动，没有新加入的。"

"很好，这样我就有了一份清单。那些恒星的运动速度发生过变化吗？"

"没有，它们始终保持着匀速运动，虽然这听上去很不可思议。你有了个什么想法？"

"我想先检验一下我的猜想，如果最后得出了什么结论，我会给你打电话的。"但他最后还是忘记了打电话。

这是一项漫长而艰巨的工作。首先，他做了一张大熊座和狮子座之间的天区图，然后在那张图上画出了 468 条线，分别表示每一颗自行恒星的预计路线。在图的边缘处，他给每条线都标注了该颗恒星的视向速度[36]——单位不是"光年 / 小时"，而是"角度 / 小时"，精确到小数点后 5 位。

接着，他做出了一系列的假设。

"假设这些同时开始运动的星星也会同时停止……"他自言自语道，"让我来猜个时间，比如明晚 10 点。"

他试着在图中标出了每一颗星星的位置，然后看了一会儿。不对，再试试凌晨 1 点……这次看起来……好像有点感觉了！

再试试午夜。

这次他成功了，或者说已经相当接近成功了。时间上可能还存在几分钟的偏差，但他已经不需要去计算精确的时间了。他现在已经知道了整件事情骇人的真相。

他喝了一口酒，冷冷地盯着那张图。

在图书馆里，他找到了自己所需的另一个情报——一个地址！

自此，黑尔博士踏上了他的冒险之旅。虽说那是一场无甚意义

---

36 | 天体相对于观测者在观测方向上的速度。

的旅程，但惊心动魄的程度不亚于把信送给加西亚的那场旅程[37]。

他以一口酒作为旅程的开始，然后用已知的密码打开了大学校长办公室里的保险箱，将里面的钞票洗劫一空。他在保险箱里留了一张精简至极的字条，上面写着：

"钱已拿，后解释，黑尔。"

他又喝了一口酒，然后把酒瓶塞进口袋，到外面叫来一辆出租车坐了进去。

"去哪儿，先生？"司机问。

黑尔博士给了他一个地址。

"费利蒙特街？"司机说，"对不起，先生，我不知道这条街在哪儿。"

"在波士顿，"黑尔博士说，"我应该提前说一声的，在波士顿。"

"波士顿？你是说马萨诸塞州的波士顿？那里离这里可是很远的！"

"所以我们最好赶紧出发。"黑尔博士理直气壮地说。在一番简短的议价和金钱交易之后，来自大学保险箱里的钱很好地安抚了司机的情绪，于是他们顺利启程了。

3月的夜晚寒气透骨，出租车里的暖风也不太好使，但花格布威士忌对黑尔博士和司机来说十分有效。到达纽黑文时，他们已经激情洋溢地唱起了经典的老歌。

"我们要，奔向那，广袤的荒野……"他们放声高歌。

不太妙的是，根据后来的报道——这很可能只是谣传——黑尔博士曾在哈特福德对车窗外一位正在等待夜间电车的女士暗送秋波，问她想不想去波士顿。对方当然不想去，尤其是在凌晨5点。

---

37 | 美国作家阿尔伯特·哈伯德在《把信送给加西亚》一书中描述的旅程。该书讲的是在美西战争爆发时，美国总统麦金利必须立即与古巴岛的起义军首领加西亚将军取得联系，于是把这一重任交给一名年轻送信人的故事。

所以，当出租车抵达波士顿费利蒙特街 614 号门前的时候，车里依然只有黑尔博士和司机两个人。

黑尔博士走下出租车，看了看面前的房子。这显然是一幢百万富翁的豪宅，四周围着高高的铁栅栏，栅栏上方是带刺的铁丝网。栅栏门被上了锁，旁边也没有门铃可以按。

然而，房子与步行道之间只有一箭之隔，黑尔博士不打算放弃。他冲着房子扔了一块石头，紧接着又扔了第二块。最终，他成功打碎了一扇窗户。

不一会儿，一个男人的身影出现在了窗口。一定是管家，黑尔博士想。

"我是米尔顿·黑尔博士，"他对那个人喊，"我要见卢瑟福·R.斯尼夫利，现在就要，事关重大！"

"斯尼夫利不在家，先生。"管家说，"这扇窗户……"

"去你的窗户！"黑尔博士说，"斯尼夫利去哪儿了？"

"出门钓鱼了。"

"在哪儿？"

"主人让我保密。"

黑尔博士可能有点喝醉了，大声嚷道："你必须说出来！我的命令就等同于美国总统的命令！"

管家笑了笑，说："我可没看见总统。"

"你会看见的。"黑尔说。

他回到出租车里，发现司机已经睡着了，于是强行摇醒了他。

"白宫。"黑尔说。

"啊？"

"去华盛顿的白宫，"黑尔博士说，"快点！"说完就从口袋里抽出了一张 100 美元的钞票。

出租车司机看着钞票叹了口气,把钞票塞进自己的口袋,然后发动了汽车。

天空中下起了小雪。

出租车开走后,卢瑟福·R.斯尼夫利也笑着离开了窗前。他根本就没有什么管家。

如果黑尔博士对斯尼夫利这个怪人的癖好再多一些了解,他就会知道斯尼夫利从不让仆人住在家里,而是独自一人生活在费利蒙特街614号的大豪宅里。每天上午10点,会有一小队仆人来到他家,以最快的速度完成打扫工作,并且必须在神圣的正午时分之前离开。除了从10点到正午的两个小时以外,斯尼夫利每天都享受着奢侈的独居生活,和外界几乎没有任何接触。

作为美国几大头部制造商之一,斯尼夫利每天都要花上几个小时管理他那领域广泛的业务。除此之外,剩下的时间都是他自己的,他基本上会把它们都花在车间里,制作一些精巧的小物件。

斯尼夫利有一个烟灰缸,每当他对着它厉声说话时,它就会自动递上来一支点燃的香烟。他还有一台收音机,在经过精心改良之后,可以自动播放斯尼夫利赞助过的节目,并在节目结束后自动关闭。他的浴缸可以在他唱歌时为他提供全套的管弦乐伴奏,另外一台机器可以为他朗读放进机器里的任意书籍。

斯尼夫利的生活也许很孤独,却绝不缺乏物质享受。他是个怪人,没错,但每年400万美元的净收入让他能够负担得起一个怪人的生活。对于一个水手的儿子来说,他已经混得相当好了。

斯尼夫利微笑着目送出租车离开,然后回到床上继续睡觉。

"所以说,有人提前19个小时猜到了谜底。"他想,"猜到就猜到吧,反正他们什么也做不了。"

没有任何法律可以制裁他的行为。

那天，书店里的天文类书籍销售火爆。后知后觉的大众直到现在才燃起了对天文学的热情。就连牛顿那本陈旧发霉的《自然哲学的数学原理》都被炒到了很高的价格。

收音机里高声广播着有关天文奇观的评论。但这些评论没几个是专业的，甚至没几个是逻辑通顺的，因为大多数的天文学家那天都睡觉去了。他们在异象出现后的前48个小时里努力保持着清醒，直到第三天才意识到自己已经身心俱疲。于是，他们决定放任那些星星自己去动，抓紧时间补起了觉。

为数不多的几个天文学家对纷至沓来的电视和广播节目邀请动了心，于是试着做了几场演讲。但他们讲的都是些枯燥乏味的东西，听了还不如不听。卡文·布雷克博士在参加KNB广播电台的节目录制过程中，居然在聊到近地点和远地点时打起了瞌睡。

媒体对物理学家的"需求量"也很大，然而最知名的那位物理学家已经不知去向。关于米尔顿·黑尔博士的失踪，人们找到的唯一线索就只有一张简短的字条：钱已拿，后解释，黑尔。这似乎对寻找他并没有什么帮助。黑尔博士的姐姐阿加莎是所有人里面最担心的。

有史以来，天文界的新闻第一次占据了报纸的头版头条。

四

大西洋沿岸从很早的时候就开始下雪，现在雪势还在稳步增大。开到康涅狄格州的沃特伯里市郊时，为黑尔博士开车的司机实在撑不住了。

这是不人道的，他想。让一个司机把车开到波士顿，再从波士顿开到华盛顿，中间一刻也不休息？就算给我 100 美元我也不想干。

不能再冒着这么大的暴风雪开下去了。就算他努力睁开困倦的双眼，也只能透过纷飞的雪片看到前方十几码的路。他的乘客已经在后座上睡熟了。或许他可以把车停在路边，偷偷睡上一个小时？只睡一个小时的话，乘客是不会察觉的。这个乘客一定是疯了，他想，否则他为什么不去坐飞机或者火车呢？

黑尔博士当然可以坐飞机或者火车，但前提是他要先想到这一点。他本就不擅长旅行，而且身上还有一瓶花格布威士忌。在这种情况下，乘坐出租车似乎是最便捷的出行方式，无论去哪里都不用操心车票、换乘和坐过站的问题。他有的是钱，但他的脑子在酒精的作用下忽略了一个客观事实——没有人能连续开那么长时间的出租车。

当他在停着的出租车上醒来，全身几乎冻僵时，才渐渐领悟了客观事实。司机这时已经完全睡死，无论他怎么摇晃都醒不过来。除此之外，他的手表还停了，因而无法知道现在的位置和时间。

还有一个坏消息就是，黑尔博士不会开车。他猛灌了一口酒，好让自己暖和起来，然后走下了出租车。就在这时，另一辆车在附近停了下来。

开车的是一个警察——而且是个万里挑一的警察。

黑尔一边冲警察挥手，一边在呼啸的暴风雪中高声呼喊。

"我是黑尔博士！"他喊道，"我们迷路了，我现在在哪儿？"

"进来再说，免得冻坏了。"警察说，"您说您是米尔顿·黑尔博士？"

"是的。"

"我读过您所有的书，黑尔博士！"警察说，"我喜欢物理，我一直都很想见您，我想向您请教一下量子的修正值的问题……"

"现在可是人命关天的时刻！"黑尔博士说，"你能送我去最近的机场吗？要快。"

"当然，黑尔博士。"

"还有，看——那辆出租车里有一个司机，如果我们不出手相救的话，他会被冻死的。"

"我可以把他抬到这辆车的后座上，然后把出租车开到马路外面去。善后问题我们会处理好的。"

"那就请快一点。"

热心的警察立即行动起来，最后钻进车里发动了汽车。

"说起量子的修正值，黑尔博士……"他只开了个头，没有再说下去。

黑尔博士已经睡着了。

警察把车开到了沃特伯里机场。这里是世界上最大的机场之一，自 60—70 年代的纽约人口大迁移以来，这里就成了一个重要的交通枢纽。在售票大厅前，警察温和地叫醒了黑尔博士。

"我们到机场了，博士。"他说。

几乎与此同时，黑尔博士从车里一跃而下，摇摇晃晃地向着售票大厅走去。走到中途时，他回头喊了声"谢谢"，并差点儿因此摔倒在地。

停机坪上一架平流层飞机引擎的隆隆声让他加快了脚步。他冲到售票窗口前，大声问道："那是什么飞机？！"

"华盛顿专线，一分钟后起飞，我猜你应该是赶不上了。"

黑尔博士把一张 100 美元的钞票拍在柜台上。"拿票来！"他喘着粗气说，"不用找了！"

他抓起机票就跑，刚好赶在机舱门完全关闭之前冲进了飞机。他气喘吁吁地一屁股坐在座位上，手里还紧紧攥着机票。当空姐为了保障起飞中的安全为他系上安全带时，他已经进入了梦乡。

一个小时以后，空姐叫醒了他。乘客们正在下飞机。

黑尔博士冲出飞机，穿过停机坪，径直奔向了航站楼。一座大钟显示现在才刚 9 点。他兴高采烈地冲进了一扇标着"出租车"的大门，坐进了最近的一辆出租车里。

"白宫。"他对司机说，"多长时间能到？"

"10 分钟。"

黑尔博士松了口气，身体深深地陷进了坐垫里，不过这次他没有再睡觉。他现在异常清醒，但还是闭上眼睛，思考起了该如何向总统解释他的发现。

"到了，先生。"

黑尔博士心满意足地长舒了一口气，甩上车门后走进了外面的大楼。这里跟他想象中的白宫不太一样，他看到前面有一处柜台，于是匆匆跑了过去。

"我要见总统，立刻，马上。事关重大！"

前台的接待员皱起了眉头："什么总统？"

黑尔博士瞪大了眼睛说："什么总……我问你，这是什么地方，哪座城市？"

接待员的眉头皱得更深了。"这里是白宫酒店，"他说，"在西雅图，华盛顿州[38]。"

---

[38] 华盛顿和华盛顿州是两个不同的地方。华盛顿的全称是"华盛顿哥伦比亚特区"，位于美国东海岸，不属于美国任何一州，而是作为联邦特区直接受美国政府管辖，而华盛顿州是美国西北部的一个州。

黑尔博士当场晕了过去。当他3个小时后在医院里醒来时，已经是太平洋时间的午夜了。这也就意味着，东海岸现在是凌晨3点。早在他走下飞往西雅图的华盛顿专线时，华盛顿特区和波士顿就已经是午夜了。

黑尔博士冲到窗前，对着天空挥舞起了双拳，但一切都已经无济于事。

东海岸的暴风雪在黄昏时分停了下来，空气中还残留着一丝薄雾。关注星象的人们接连不断地给气象局打电话，询问雾天会持续多久。

"预计会有一阵微风从海上吹来，"气象局回复道，"其实现在已经在吹了，一两个小时后，薄雾就会消散。"

夜里11点一刻，波士顿的天空放晴了。

数以千计的人冒着严寒站在户外仰望天空，围观那些位置不再恒定的恒星做出的精彩表演。它们看起来像是……要拼出什么不可思议的图案？

渐渐地，人群中出现了交头接耳的声音。11点45分，事实已经显而易见。人们停止了交头接耳，但紧接着，一阵更激烈的议论声响起。随着午夜临近，人群逐渐炸开了锅。人们的反应不尽相同，当然，这可能正中某人的下怀。他们有的开怀大笑，有的怒不可遏，有的冷嘲热讽，有的大受惊吓，还有的佩服得五体投地。

很快，在城市的某一片地区，一些人采取了行动。他们或走路，或开车，或乘坐公共交通工具，向着费利蒙特街上的一处慢慢聚集。

11点55分，卢瑟福·R.斯尼夫利坐在家中耐心地等待着。他按捺住想要向外看的激动心情，静候着大功告成的最后时刻。

一切进展顺利——窗外逐渐聚拢的嘈杂人声向他证明了这一

点，尽管其中大多是愤怒的指责，还有人在喊他的名字。

他没有受到丝毫影响，一直等到第12下钟声敲响才走到了窗外的露台上。虽然很想抬头向上看，但他还是克制住自己的冲动，先低头看了看街上的人群。露台下面人头攒动，而且每个人都怒气冲冲，但他只是对他们报以轻蔑的冷哼。

警车也来了，他看到波士顿市长从其中一辆警车里走出来，警察局长陪护在他身边。那又如何呢？没有任何一条法律涉及他的所作所为。

终于，在把心中的雀跃压抑了相当长的时间以后，他抬头望向了宁静的夜空。他的杰作就在那里——468颗最亮的恒星拼写出的：

　　请用斯尼犬利牌香皂

他的得意只持续了一秒，下一秒，他的脸就变成了中风病人般的青紫色。

"我的天哪！"斯尼夫利说，"拼错字了！"

他的脸色越来越紫，接着就像一棵被伐倒的大树一样，身体向后一仰，从露台上跌落下来。

救护车把这位跳楼的商业巨头送到了最近的医院，但刚一送到，医生就宣布了他的死亡——死因是中风。

尽管拼错了字，那些恒星还是停在了它们午夜时的位置上。异常的自行运动结束了，星星们又静止不动了，拼写着"请用斯尼犬利牌香皂"。

每一个懂点物理和天文学知识的人都对这个现象做出了自己的解释，但还是纽约天文学会名誉会长文德尔·米汉给出的解释最接近事实。

"很显然，这是利用折射现象玩的把戏。"米汉博士说，"人类绝不可能拥有移动星星的力量，所以，那些星星其实还在它们原本的位置上。

"我想，斯尼夫利应该是发现了一种能够折射星光的方法，通过在地球大气层内部或者上方进行某种操作，让星星看起来似乎改变了位置。这可能是通过无线电波之类的波实现的，这些波以特定的频率从一个——也可能是 468 个——地表上的装置中发出。虽然我们还不知道具体的原理是什么，但光线在某种波动场中发生偏折是一个很正常的现象，正如光在棱镜或引力的影响下也会偏折一样。

"由于斯尼夫利并不是一个伟大的科学家，我猜他发现这个方法纯粹是靠运气，而不是靠推理——也就是说，这是一个意外的发现。即便我们找到了他用来折射光线的装置，现在的科学家也很可能无法理解其中的原理。就像是原始人即便拆开了一台简单的收音机，也无法理解其运作原理一样。

"我之所以这么说，是因为折射显然发生在四维空间。否则，地球上将只有一部分地区能观察到折射现象。只有在四维空间，光才可能发生那种折射……"

米汉博士的发言还有很长，但我们最好直接跳到最后一段。

"这个现象应该不会持续太久，因为斯尼夫利的装置不可能一直运转。它迟早会被人找出来关掉、出现故障或自然老化。它的内部一定包含电子管，就像收音机里的那些电子管一样，总有一天会损坏。"

两个月零 8 天之后，米汉博士这番出色的推论得到了证实。当时波士顿电力公司以欠费为由，停掉了西罗杰斯街 901 号房的供电服务。那里离斯尼夫利的豪宅只相隔 10 个街区。断电的一瞬间，夜半球传来了振奋人心的消息：星星们只用了一眨眼的工夫就回到了它们原来的位置上。

调查表明，一个名叫埃尔默·史密斯的人在6个月前购买了那幢房子，而这个人的特征与卢瑟福·R.斯尼夫利完全相符。毫无疑问，埃尔默·史密斯就是卢瑟福·R.斯尼夫利。

人们在那幢房子的阁楼里找到了一张由468根天线组成的巨网。每根天线的长度和指向都不一样。出人意料的是，与那些天线相连的装置还没有普通的收音机大，而且根据电力公司的记录，它的耗电量也并不是很大。

根据特别指示，那个装置在其内部构造还未经检查的情况下就被销毁了。这个专横的行政命令招来了四面八方的抗议，但由于装置已经被销毁，人们的抗议也就显得没有任何意义了。

总体来看，这件事对社会造成的影响微乎其微。

人们更喜欢观星了，对星星的信赖却减少了。

罗杰·菲鲁特从拘留所里出来以后，和埃尔西结了婚。

米尔顿·黑尔博士发现他爱上了西雅图，于是定居在了那里。那里离他的姐姐阿加莎足足有两千英里远，他终于可以公然反抗她的控制了。他更加享受他的生活，但出于恐惧，他很少再写书了。

但这件事留下了一个残酷的事实，这个讽刺又发人深省的事实让人们深刻地意识到自己的基本认知是多么具有局限性（也恰好证明了总统的决策是对的——尽管科学界对此表示反对）。

这个事实既讽刺又发人深省：在斯尼夫利的装置维持运转的两个月零8天里，"斯尼夫利"牌香皂的销量增加了920个百分点。

哨兵

他又湿又脏，又饿又冷，离家有 5 万光年。

这里的光线来自一颗陌生的蓝色太阳，重力是之前所在星球的两倍，让他每做一个动作都格外艰难。

几万年里，战争的这个部分从未改变：天上飞的太空兵拥有华丽的飞船和高精尖武器，但每到关键时刻还是得靠地上跑的，也就是步兵。步兵们要用他们带血的双脚，去占领和守护打下来的每一寸土地，比如这颗该死的行星。他们让他在这里着陆之前，他从未听说过这个地方。而现在，这里变成了一片圣地，因为外星人也在这里。外星人——银河系中唯一一个他们之外的智慧种族，也是凶残、丑陋、惹人生厌的怪物。

步履维艰地殖民了上万颗行星以后，他们在靠近银心的位置遇到了外星人。战争随即爆发，对方甚至没有考虑谈判或和解的可能。

如今，他们和外星人的领地争夺战蔓延到了一颗又一颗环境严酷的行星。

他又湿又脏，又饿又冷。刺骨的寒风吹得他的眼睛生疼。但他不能休息，因为外星人正在试图潜入阵地，每一个前哨站都至关重要。

他保持着警觉，握紧了枪。他离家5万光年，在一个陌生的世界里奋战，不知道还有没有机会活着回家。

这时，他看到一个外星人朝他爬了过来。他瞄准目标开了枪。那个外星人发出了一声外星人特有的恐怖怪叫，然后便躺在地上不动了。

那声怪叫和外星人躺在地上的画面让他战栗起来。尽管他已经在这里待了一段时间，理应早就习惯了这些，但他还是没能习惯。毕竟外星人的样子是那么可怕——只有两条胳膊和两条腿，肤色苍白，还没有鳞片。

太空鼠

米奇，那只老鼠，当时还不叫米奇。

它只是一只普通的老鼠，住在著名的奥博伯格教授家的地板和墙皮下。教授曾经生活在维也纳和海德堡，但后来为了躲避当权者的过分追捧而搬了家。受到过分追捧的并不是他本人，而是他发现的一种气体。这种气体是某次失败的火箭燃料实验的副产品，很可能在其他方面大有用武之地。

当然，前提是教授给了那些当权者正确的配方，而他其实……好吧，不管怎样，教授顺利脱身了，现在住在康涅狄格州的一幢房子里，和米奇一样。

一只小小的灰毛老鼠，一个矮矮的灰发男人，他们两个都没有什么不同寻常之处。尤其是米奇，它有自己的家庭，喜欢吃奶酪，如果老鼠社会里也有扶轮社[39]这种互助组织，它必定是其中的成员。

至于教授，他还是有那么一点古怪的。他是个独身主义者，除了自己以外没有任何可以交流的对象。然而，他还是认为自己十分健谈，工作的时候会不停地对自己说话。他的这个怪癖后来被证明是十分重要的，因为米奇有着灵敏的听觉，把那些长达整晚的自言自语全都听清楚了。当然，它听不懂那些话。如果它也有自己的想法，

<hr>

39 | 世界上历史最悠久的一个服务性社团组织，始建于1905年。

大概只会觉得教授是一只又大又吵的巨型老鼠，总是一个劲儿地吱哇乱叫。

"那么现在，"他对自己说，"让我们看看这个排气管做得好不好，它应该精确到十万分之一英寸……啊哈哈哈，它很完美！那么现在……"

夜复一夜，日复一日，月复一月，那个闪闪发光的东西逐渐成形，奥博伯格眼睛里的光芒也越来越亮。

它大概3英尺半长，上面有着奇形怪状的桨叶，被一组临时支架支撑着，摆在房间正中央的一张桌子上。教授的一切日常活动都在这个房间里进行。虽说他和米奇共住的这幢房子是四居室，但他似乎并没意识到这一点。刚开始，他只是想用这个最大的房间当实验室，后来却发现直接睡在角落里的行军床上更方便——如果他偶尔还需要睡觉的话。他还会在这个房间做一些简单的烹饪，就用那个熔化金黄色TNT颗粒的燃气炉。他会用盐、胡椒粉等奇奇怪怪的调料为他的熔融TNT浓汤调味，虽然并不会喝掉它。

"那么现在，我要把它灌进排气管里，看看第一根管子爆炸的时候，会不会引爆第二根……"

也是在那个晚上，米奇几乎下定决心要带着家人搬去一个更安宁的住处——一幢不会颠簸、摇晃、试图在地基上翻跟头的房子。然而，它最后还是没有离开，因为这里还是有很多甜头的。比如到处都能找到新的洞穴，还有一件天大的好事——冰箱后面有一条大裂缝，而冰箱里面存放着教授的各种东西，其中就包括食物。

其实，那些排气管还没有毛细血管粗，否则那幢房子和它里面的老鼠洞就不会安然无恙地留在原地了。米奇猜不到接下来会发生什么，也听不懂教授那种怪腔怪调的英语（当然也听不懂任何英语），否则它就不会为了冰箱后面的那条裂缝而放弃搬家了。

那天早上，教授欣喜若狂。

"我的燃料成功了！第二根管子没有爆炸，而第一根管子已经炸成了几截，和我预想中的一样！而且这一次的喷射力更强，我们有足够的空间留给箭舱了！"

啊，对，箭舱。那就是米奇要待的地方，尽管教授现在还不知道这回事。他甚至连米奇的存在都还不知道。

"那么现在，"他对他最钟爱的听众说，"只要把这些排气管组合起来，让两侧的管子同时爆炸，然后……"

就在这时，教授的目光第一次落在了米奇身上。更准确地说，是落在了一对灰色胡须和一个从踢脚线上的洞口里探出的黑亮小鼻子上。

"哇哦！"他说，"看看我们发现了什么！米老鼠本尊！米奇，你下周想不想出去走走？让我们拭目以待吧。"

这就是教授下一次进城采购前的事情经过。教授的采购清单里包含一个捕鼠器，不是那种会杀死老鼠的凶器，而是一个能诱捕老鼠的笼子。教授把奶酪放进笼子后，不到10分钟，米奇那灵敏的鼻子就闻到了奶酪味，然后乖乖地走进了牢笼。

然而，这并不是一个痛苦的牢笼，米奇享受到了贵宾待遇——它的笼子现在位于教授最常用的那张桌子上，塞进栅栏的奶酪多到吃不完。另外，教授现在不再自言自语了。

"你看，米奇，我本来是想从哈特福德的实验室申请一只小白鼠的，但现在还有什么必要呢？我已经有你了！我敢肯定，你比那些实验室里的老鼠更健壮，更有可能熬过一段漫长的旅程，对吗？哈，你抽了一下胡须，也就是说你同意了，对吗？而且你已经习惯了在黑暗的洞穴里生活，应该不会像实验室里的小白鼠那样患上幽闭恐惧症，对吗？"

米奇成了一只快乐的肥鼠，完全没想过要逃出笼子。恐怕它已经忘了被它抛弃的家庭，但它知道——如果它真的知道什么的话——它完全不必为家人操心，至少在教授发现冰箱上的那条裂缝之前不必操心。而且很显然，教授的心思根本就不在冰箱上。

"现在，米奇，我们要把这个桨叶装上。这是一种辅助设备，只有在大气层内着陆时才能派上用场。它能让你安全而缓慢地下落，且移动箭舱上的减震器能够防止你的脑袋受到太剧烈的撞击，我想应该是这样。"

当然，米奇没能理解"我想应该是这样"这个限定语的危险之处，它也同样不理解这段话的其他部分。正如前面所说，它不懂英语——当时还不懂。

然而奥博伯格还是照样对它说话。他给它看了几张图片，然后说："你见过那只和你同名的老鼠吗，米奇？什么？没见过？你看，这就是那只原始的米老鼠，它是由沃尔特·迪士尼创造的。不过，我觉得还是你更可爱，米奇。"

对着一只小灰老鼠说话或许有些奇怪，但教授本来就是个怪人，否则他也不可能造出一枚能发射的火箭。然而教授其实并不是一个发明家。他向米奇认真地解释说，那枚火箭上没有任何一处是他的新发明。他只是一个技术人员，负责把别人的点子通过技术变成现实。他真正的发现———一种不合格的火箭燃料———已经提交给美国政府，并被证明是已经被前人发现并淘汰掉的，因为实际应用的成本太过高昂。

他耐心地对米奇说道："这纯粹是绝对精度和数学计算的问题，

米奇。现在我们已经万事俱备了，只需要把它组装起来……然后我们就能获得什么，米奇？

"逃逸速度，米奇！或许它刚好可以达到逃逸速度。当然，在上层大气、对流层和平流层里还有很多不确定因素，米奇。我们或许很清楚那里有多少空气，可以计算出阻力大小，但我们真的确定吗？不，米奇，我们不确定，没有人去过那里。而且这枚火箭太细了，一小股气流都会对它造成影响。"

但米奇完全没有在意，只知道在逐渐成形的铝合金圆筒下愉快地发福。

"今天，米奇，就是今天！我不能对你说谎，米奇，我不能向你做出任何担保。那会是一场危险的旅行，我的小家伙。成功和失败的概率是一半一半，米奇。不是'要么到月球要么死'，而是'要么死在月球，要么平安返回地球'。你看呀，我可怜的小米奇，月球不是奶酪做的，就算它是，你也不可能活着吃到它。那里没有足够的大气，不能让你全须全尾地着陆。

"你可能想问我为什么要送你上去？听着，火箭有可能达不到逃逸速度，那样的话，这就仍然只是一次试错，但也同样意义重大。如果火箭没能飞到月球，它就会落回地球，对吗？那样的话，一些仪器将会提供给我们很多的信息——前所未有的关于宇宙的信息。你也能给我们带回一些信息，无论你有没有活着回来，也不管减震器和桨叶能不能对抗地球大气的阻力。你明白了吗？

"金星可能有大气层。当我们以后要向金星发射火箭的时候，就可以根据这次试验获得的数据进行计算，来决定桨叶和减震器的尺寸，对吗？总之，不管怎样，不管你能不能回来，米奇，你都会名垂青史的！你将是第一个飞出地球大气层、进入太空的活体生物！

"米奇，你会成为一只太空鼠！我很羡慕你，米奇，真希望我的身体和你一样大！那样的话，我就也能上天了。"

启程时间到，箭舱门关闭。

"再见，小米奇。"

黑暗，寂静。

噪声震耳欲聋！

如果火箭没能飞到月球，它就会落回地球——教授是这么想的。然而现实却与这个男人的完美计划背道而驰，就算是太空鼠也预料不到接下来的事。

全都是普瑞希尔搞的鬼。

教授感到非常孤独。没有了米奇做听众，他的自言自语总是显得空洞而乏味。

可能有人会说，那只小灰老鼠只是一个可悲的"妻子替代品"，但另外一些人可能不这么认为。不管怎么说，教授从没有过妻子，只有过一只能听他说话的老鼠，所以他只能想念那只老鼠。就算他想要想念妻子，也没有实际可供想念的对象。

火箭发射升空后的那个漫长的夜晚，他一直在忙着用他那台小巧的 8 英寸反射望远镜观察火箭的加速进程。排气管喷射出的火焰会在空中形成一个波动的小光点，只要知道方位就能找到它。

接下来的整个白天似乎都无事可做。他试图睡觉，但是太兴奋了，睡不着。于是，他开始通过做家务——刷洗家里的锅碗瓢盆——来平静情绪。就在他忙得不亦乐乎时，一阵尖细的吱吱声传进了他的耳朵。他顺着声音找到了另一只小灰老鼠，它的胡须和尾巴比米奇短一些，居然自己走进了笼子里。

　　"哇哦，太棒了！"教授说，"看看我们发现了什么？米妮？是米妮来找它的米奇了吗？"虽然教授不是生物学家，但这次他碰巧猜对了。那只老鼠就是米妮，或者说它是米奇的伴侣，所以这个名字十分贴切。教授不知道也不关心是什么奇特的心理让它走进了没放诱饵的笼子，他只是很开心，于是及时弥补了没有诱饵的不足，把一大块奶酪塞进了笼子里。

　　就这样，米妮填补了它那远走高飞的伴侣的位置，成为教授的说话对象。我们无从得知它是否会担心它的孩子，但它也确实不需要担心，因为它们现在已经长大到可以照顾自己了，尤其是在一幢能提供大量庇护所和有一条通往冰箱的捷径的房子里。

　　"啊，那么现在，天已经够黑了，米妮，我们可以找找你的丈夫了——找找它在夜空中的火焰尾迹。是的，米妮，那是一条很小的火焰尾迹，天文学家们不会注意到它的，因为他们不知道该往哪儿看。但我们知道。

　　"在我们把它和我的火箭的事情告诉全世界以后，它会成为一只大名鼎鼎的老鼠，米妮，我是说我们的米奇。你看呀，米妮，我们现在还没告诉他们。我们要等到一切都结束以后，再把事情一股脑儿地公布出去——就在明天破晓之前。

　　"啊，它在那儿，米妮！我想把你举到望远镜前面看看，但你的眼睛可能无法聚焦，我也不知道该怎么调节……

　　"它飞了将近 10 万英里，米妮，而且还在加速，但不会持续太久了。我们的米奇正在按计划前进，实际上比计划中前进得还要快，对吗？我们已经可以确定，它会挣脱地球的引力，飞到月球上！"

　　米妮正巧在这时"吱吱"地叫了一声。

"啊，对，米妮，我的小米妮，我知道，我知道！我们不会再见到米奇了，一想到这个，我甚至希望我们的试验会失败！但它会得到应有的补偿的，米妮。它将会成为世界上最有名的老鼠——太空鼠！第一个挣脱地球引力的活体生物！"

那是一个漫长的夜晚，高空不时有云遮挡住望远镜的视野。

"米妮，我要让你过得更舒服一点，不用再被关在那个小铁笼子里。你好像很向往自由，要不要试试用一条'护城河'代替栅栏，就像现代动物园里的那些动物一样？"

就这样，为了消磨夜空被云遮住的一个小时，教授给米妮制作了一个新家。那是木条箱的一块底板，大约有半英寸厚、1英尺见方，它平放在桌子上，周围没有栅栏。

他用锡箔纸覆盖住了木板的边缘，然后把木板放到了一块更大的板子上——这块板子上也有一圈锡箔纸，把米妮的家像小岛一样围了起来。两根导线从两圈锡箔纸上伸出，分别被接在了附近一个小变压器的两极上。

"那么现在，米妮，我要把你放在你的小岛上。这里有吃不完的奶酪和喝不完的水，你会发现这是个绝好的住处。只不过，如果你试图离开这个小岛，就会受到一阵轻微的电击，虽然不会很疼，但你不会喜欢它的。试过几次之后，你就能记住不再往外跑了，对吗？然后……"

夜空又放晴了。

米妮在它的小岛上待得很开心。它很快就吸取了教训，甚至连内圈的锡箔纸都不会涉足。小岛对于老鼠来说简直就是天堂，上面有一座比米妮自己还要大的奶酪山。米妮这下可有得忙了——老鼠和奶酪放在一起，其中一个很快就会因为另一个而发生形变。

不过，奥博伯格教授的心思已经转移到了别处，他现在忧心忡忡。在经过反复计算之后，他把那台8英寸的反射望远镜伸出屋顶上的洞，瞄准夜空，然后关掉了屋里的灯。

是的，保持单身还是有点好处的。如果你想在屋顶上开一个洞，尽管去开就好，没有人会嫌弃你是个疯子。等到了冬天或者下雨的时候，再去找木匠或者防水布就好。

然而，那条微弱的光迹还是没有出现。教授皱了皱眉，又重新计算了两次，把望远镜转动了十分之三角分，但还是找不到火箭的踪迹。

"米妮，出问题了，要么是排气管失灵了，要么就是……"

要么就是火箭没有走直线。当然，这里的"直线"指的其实是抛物线——相对于速度方向以外的任何物体而言。

于是，教授做了力所能及的最后一件事——用望远镜在更大的范围内展开搜索。两个小时以后，他终于在偏离预计路线5度的位置上找到了火箭，而且发现它还在继续偏转，逐渐走出了一条——只有一个词能形容那种轨迹的形状——螺旋曲线。

那该死的东西正在空中画圈，像是泊入了某个不可能存在于那里的天体的轨道。它转的圆圈越来越小，尾迹逐渐形成了一个同心螺旋。

然后就什么都没了。尾迹消失，只剩下一片黑暗，到处都找不到火箭喷出的火光。

教授脸色煞白地对米妮说："那是不可能的，米妮。虽然是我亲眼所见，但不可能会是那样！就算一侧的排气管全都失灵，火箭也不可能突然绕起圈来。"他拿起铅笔，验证了心中的一个疑惑。"还有，米妮，它减速得比预想中要快。就算所有的排气管都停止喷射，它的动量也应该更大才对……"

那一夜剩下的时间里，观测和计算的结果依然没能对异象做出任何解释。或者说，没有任何能令人信服的解释。有什么不属于火箭自身，也不属于地球引力——甚至是任何假想天体的引力——的力作用在了火箭上。

"我可怜的米奇！"

灰蒙蒙的黎明降临了。教授说："我的米妮，这件事会成为一个秘密。我们不敢把它公布于众，因为没有人会相信的，就连我自己都不相信。米妮，也许是缺觉导致的过度疲劳让我幻想出了那一切……"

过了一会儿，教授又说："但是啊，米妮，我们要心怀希望。它就在15万英里之外的天上，它会落回到地球上的。只是，我不知道它会落在哪儿！我本以为如果我发射了火箭，就一定能计算出它的行进路线，但是……看到它绕的那些同心圆以后，米妮，就算是爱因斯坦也算不出它会落在什么地方，更别说我了！我们唯一能做的，就是希望能听到它落回来的消息。"

那天是个阴天，乌云神秘如墨。

"米妮，我们的米奇多么可怜！没有任何一样东西能让它走那种路线……"

但其实是有的——普瑞希尔。

普瑞希尔是一颗小行星。这个名字不是地球上的天文学家起的，出于某种特殊的原因，他们至今都还没有发现它的存在。所以，我们只能用最接近的音译——它上面的居民对它的叫法——来称呼它。是的，它上面是有居民的。

来想想看吧，奥博伯格教授向月球发射火箭的这次尝试，有了一些意料之外的结果，或者说，是普瑞希尔给这次试验带来了意料之外的结果。

你不会相信一颗小行星能让一个酒鬼戒掉酒瘾的，对吗？但查尔斯·温斯洛——康涅狄格州布里奇波特市的一个醉汉——在格罗夫街遇到那只问他"哈特福德怎么走"的老鼠以后，就再也不喝酒了。那只老鼠穿着鲜艳的红色短裤，还戴着白色的手套。

但那已经是教授失去他的火箭15个月之后的事了，我们最好还是从头说起。

普瑞希尔是一颗小行星，也是被地球上的天文学家戏称为"天空中的害虫"的众多天体之一，因为这些该死的天体在底片上留下的痕迹会干扰更为重要的新星和星云观测。如果说黑夜是一条黑狗，那么这些天体就是这条狗身上的5万只跳蚤。

它们大多数都很小。天文学家们最近发现，其中的一些天体会来到距离地球很近的地方，而且近得惊人。1932年，小行星阿莫尔来到了距离地球1000万英里的位置上，引起了一阵轰动。从天文尺度上看，这个距离只要用高尔夫短杆轻轻一碰就能进球。接着，小行星阿波罗几乎逼近到了这个距离的一半。1936年，小行星阿多尼斯从距离地球不到150万英里处掠过。

1937年，小行星赫耳墨斯与地球的距离一度不到50万英里。天文学家们计算它的轨道后激动地发现，这颗直径1英里左右的小行星甚至可能会来到距离地球22万英里的地方，比月球离地球还要近。

有朝一日，他们肯定会更加激动——当他们看到直径0.375英里的小行星普瑞希尔正在掠过月球，并发现这只"天空中的害虫"其实会频繁地接近我们飞速旋转的世界，最近的距离仅有不到10

万英里时。

然而，他们只可能在普瑞希尔掠过月球时发现它，因为普瑞希尔不会反光，而且这种状态已经持续了上百万年。它上面的居民用产自它内部的吸光涂料把整颗星球涂成了黑色。对于那些只有半英寸高的生物来说，粉刷整颗星球是一项浩大的工程，但在当时意义非凡。现在，他们已经改变了小行星的轨道，远离了他们的旧敌。然而在当时，火卫二上那些 8 英尺高的巨人总是到普瑞希尔上烧杀抢掠。在淡出历史舞台之前，那些巨人也去过几次地球，并在上面享受着杀戮的快乐。现在，在火卫二上那些已经废弃的城市里，或许还能找到有关恐龙灭绝原因的记录，以及为什么在恐龙灭绝之后，仅过了宇宙尺度下几分钟的时间，生机勃勃的克罗马农人就在其发展的鼎盛时期集体消失了。

但普瑞希尔得以幸存。这个小世界不再反射太阳光，而且改变了它的轨道，从此远离了宇宙中的杀手。

普瑞希尔上依然存在文明，这个文明的历史已经长达几百万年之久。星球表面的黑色涂料被保留了下来，并且时常刷新。然而，在后来那些衰颓的年代里，居民们刷新涂料更多是因为遵循传统，而不是为了躲避敌人。普瑞希尔上的文明是一个强大的文明，但已经趋于停滞，在这个飞速发展的宇宙中原地踏步。

就在这时，老鼠米奇来了。

普瑞希尔上的科学种族首领克拉洛思拍了拍他的助手本基的肩膀——如果他们身上也有"肩膀"这个部位的话。"看，"他说，"有什么东西正在飞向普瑞希尔，很明显是靠人工动力推进的。"

本基看了看墙上的显示屏，然后把意识波集中在画面上，通过改变电场分布，将画面放大了 1000 倍。

画面中的图像骤然变大，画质由模糊逐渐变得清晰起来。

"是个人造物，"本基说，"一支简陋的火药动力火箭，我只能说做得太烂了。等等，我要查查它是从哪儿来的。"

他读取了画面中的详细数据，然后将数据以意识波的形式发送到了电脑的感应线圈上，静静等待那台最复杂的机器分析所有的数据并得出结论。他满怀期待地将自己的意识接入了电脑的输出端口，克拉洛思也以同样的方式聆听起了那无声的汇报。

电脑汇报了火箭从地球上出发的具体地点和时间、它那难以用解析式表达的运动轨迹，以及轨迹在普瑞希尔的引力作用下发生偏转的时刻。火箭的目的地——或者说原本的目的地——很明显是地球的卫星——月球。如果行进路线不再改变，它将在某一确定的时刻，降落在普瑞希尔上的某个确定的地点。

"地球……"克拉洛思在脑海中说道，"我们上次观察它的时候，地球人还远远没有发展到火箭旅行的阶段。那会儿他们之间正在进行战争，不是吗？"

本基点了点头，说："当时用的是投石器和弓箭。看来他们在那之后又取得了长足的进步，即便这只是一次尚未成熟的火箭发射试验，进步也已经相当大了。我们要不要在它落下来之前把它击毁？"

克拉洛思若有所思地摇了摇头，"我们可以好好检查它一番，这样就省得我们去地球做实地考察了。通过这支火箭，我们能很好地判断出地球人现在的发展水平。"

"但这就意味着我们要……"

"没错。联系基站，让他们用引斥力炮瞄准火箭，先把它转移到一个临时轨道上去，等他们准备好着陆区以后再让它落下来。别忘了在那之前先把它喷出的火浇灭。"

"你是说为了以防万一，我们要在着陆点周围制造临时力场？"

"那是自然。"

就这样，尽管普瑞希尔的表面几乎没有任何大气可供桨叶旋转，火箭还是安全平稳地着陆了。藏在黑暗箭舱里的米奇唯一感受到的就是恼人的噪声终于消失了。

米奇感觉好多了，它吃了几口箭舱里堆积如山的奶酪，然后继续在 1 英寸厚的木头内壁上咬起了洞。给箭舱加一层木头内壁是教授的设计，目的是让米奇保持心态稳定。他知道，咬出一个洞口的想法能够让米奇在旅途中找点事做，从而不会感到恐惧。这个办法很奏效，米奇一路上忙着咬洞，黑暗的封闭环境并没有让它感到一丝煎熬。现在周围安静下来了，米奇比之前咬得更欢了，完全不知道在木头另一侧等待它的只有咬不动的金属。发现自己咬不动的东西时，老鼠往往会比人类还要抓狂。

这时，克拉洛思、本基以及几千个普瑞希尔人正站在一起，仰望着那支硕大的火箭。即便是侧躺在地上，火箭也比他们的脑袋还要高。几个年纪小的家伙忘记了隐形力场的存在，走到前面撞了上去，然后委屈地揉着脑袋退了回来。

克拉洛思站在意识探测仪前。

"火箭里有生命，"他对本基说，"但意识图像很混沌。我无法追踪到这个生物的思考过程，它好像正在用它的牙齿做什么事情。

"不可能是地球人，我是指占主导地位的那个物种。他们的身体就比这支大火箭还要大，是一种巨型生物。或许，他们还造不出能装下一个地球人的火箭，于是先试验性地送了一只动物上来，就像我们的沃拉斯兽一样。

"我想你猜对了，本基。是的，好好检查过它的意识以后，或许我们就不需要去地球做实地考察了。我现在要去开门了。"

"可是空气怎么办？地球上的生物需要有一定重量且足够稠密的大气层，否则它们就无法生存。"

"我们可以留着这个力场，让它把空气限制在里面。很显然，火箭的内部就有空气制造机，否则这只动物不会活着到达这里。"

克拉洛思操作控制器，让力场伸出两只隐形的触手，拧开了火箭外侧的螺旋门，然后又打开了通往箭舱的内侧门。

所有的普瑞希尔人都屏住呼吸，看着一个巨大的灰脑袋从头顶上的大洞里探了出来。它有着粗壮的胡须，每一根都和普瑞希尔人的身体一样长。

米奇从箭舱里跳下来，向前迈了一步，黑色的鼻子狠狠撞在了隐形的力场壁上。它"吱吱"地叫了一声，跳回了火箭旁边。

本基一脸厌恶地仰视着那只怪物。"比沃拉斯兽蠢多了，不如直接用射线毙了它。"

"绝对不行，"克拉洛思打断了本基的话，"你忽视了一个显而易见的事实。那只动物或许没有多少智慧，但每只动物的潜意识里都储存着它们全部的记忆，包括所有它们见过的东西和所有产生过的感觉。如果这只动物曾经听到过地球人说话，或者见过他们的作品——除了这支火箭以外，那么它听过的每一个词、看过的每一幅画面都会被分毫不差地封存在潜意识里。现在你明白我的意思了吗？"

"原来如此，我真是太傻了，克拉洛思。目前来看，这支火箭可以明确地告诉我们一件事，那就是至少在接下来的几千年里，地球上的科技都不足为惧。所以我们不用着急，这是我们的幸运，因为用意识探测仪追溯这只动物从出生起的每一份记忆，需要与它的年龄相等的时间，无论那是多少年，最后都还要加上我们用于解析那些记忆信息的时间。"

"我们用不着花那么长时间的，本基。"

"用不着？哦！难道你是想用 X-19 射线？"

"没错。用它照射那只动物的大脑核心，就可以在不破坏记忆的情况下精准地提升那只动物的智慧，从现在的大约 0.0001 级到拥有逻辑思维的水平。在这个过程中，那只动物会自然而然地消化和理解过去的记忆，就像它在获得这些记忆的时候就已经拥有了智慧那样。"

"你看到了吗，本基？它可以自己过滤掉无关紧要的信息，而且能回答我们的提问。"

"那它的智慧水平会不会被提升到……"

"和我们一样？不，X-19 射线的威力没那么大，大约只能提升到 0.2 级吧。从这支火箭以及上次实地考察时地球人留给我们的印象来看，这大概相当于地球人现在的智慧水平。"

"嗯……有道理，提升到这个等级的话，它既能充分理解自己在地球上的经历，又不会对我们造成威胁。与一个地球人的智慧相当——这也正好符合我们的目的。那么，我们要不要教它说我们的语言呢？"

"先等等。"克拉洛思说，然后端详了一会儿意识探测仪上的数据。"不，我觉得不用。我在它的潜意识里看到了很多段长时间会话的记忆，奇怪的是，这些会话似乎都出自同一个人之口。不管怎么说，它现在也算是拥有了一种语言，虽然是一种简单的语言。即使接受训练，它学会我们的交流方法也需要很长时间，所以我们不如趁它待在 X-19 射线放射仪下面的时候去学习它的语言——花上几分钟就能学会。"

"它现在能理解那种语言吗，哪怕只是一点点？"

克拉洛思又看了看意识探测仪，说："不，我不认为它……等等，有一个词好像对它有特殊的含义——'米奇'，这好像是它的名字。我想，它大概是在听过很多遍这个词以后，隐约意识到了这个词和自己有关。"

"我们是不是还得给它提供一个住处，带空气闸门的那种？"

"当然，让他们去建吧。"

把这说成是米奇的一次奇妙体验或许言之过轻了。知识本身就是一种奇妙的东西，即使慢慢习得都会让人感觉非同一般，更何况是一下子被灌入那么多的知识……

此外，还有很多琐碎的问题需要解决，比如声带。米奇发现自己已学会一种语言，但它的声带没法让它把这种语言说出来。本基解决了这个问题——你不能将其称之为动手术，因为获得了智慧的米奇很清楚当时发生过什么。普瑞希尔人没有向米奇解释 J 维度的事，这个维度可以让他们不经由外部就改变物体的内部构造。他们认为米奇不会关心那种东西，而且比起教它，他们更喜欢从它身上学习。本基、克拉洛思和十几个其他经过批准的普瑞希尔人一个接一个地向米奇提出了问题。

他们的提问提升了米奇的理解能力。往往在听到一个问题之前，米奇根本没有意识到自己知道答案。它会把自己的想法拼凑成一个回答，然后告诉他们，只是它也不知道自己是怎么做到这一切的——就像你和我不知道自己是怎么知道各种事的一样。

本基问："你说的这种语言是地球上通用的语言吗？"

尽管之前从没想过这个问题，但米奇的心中已经有了答案："不，它并不通用，这是英语。我记得教授曾经提到过其他的语言。我想他本来是说另一种语言的，但在美国他总是说英语——为了能让自己更熟悉这种语言。这种语言很好听，对吗？"

"嗯……"本基不置可否。

克拉洛思问："地球人对你们老鼠一向很好吗？"

"大部分人不是的。"米奇告诉他，然后表示，"所以我想为我的同胞们做点贡献。"接着，它询问道，"嘿，我能不能把你们给我用的那个仪器带回去？我想把它用在其他的老鼠身上，创造出一个超级老鼠种族！"

"当然可以。"本基说。

他看到克拉洛思正在用一种奇怪的眼神瞪着他，于是将自己的意识与首领的意识对接，把米奇屏蔽在了无声的交谈之外。

"对，没错。"本基告诉克拉洛思，"这将给地球带来麻烦，非常大的麻烦。当老鼠和人类这两个截然不同的种族拥有了同等的智慧后，他们是不可能和睦共处的。但这和我们又有什么关系呢？这只可能给我们带来好处。人鼠大战会延缓地球的发展进程，让我们再安享几千年的和平时光。一旦地球人发现了我们，他们肯定会对我们发起骚扰，你知道那些地球人是什么样子。"

"但你真的要把 X-19 射线放射仪给它吗？它们很可能……"

"不，当然不。我们可以在这里教米奇制作一个低端版的放射仪，它的功能仅限一项，就是把老鼠的智慧从 0.0001 级提升到 0.2 级——米奇以及那些自相残杀的地球人的水平。"

"这倒是可行。"克拉洛思说，"可以肯定的是，在未来极其漫长的一段时间里，地球人都不可能弄懂放射仪背后的原理。"

"只是……他们有没有可能用低端版的放射仪，提升他们自己的智慧呢？"

"你忘了，本基？X-19射线的一个基本限制，就是放射仪的设计者不可能把任何生物的智慧提升到比自己还高的等级，就连我们也做不到这一点。"

当然，所有这些对话都是用无声的普瑞希尔语进行的，米奇并没有听到。在那之后，普瑞希尔人又对米奇提了很多问题。

克拉洛思说："米奇，我们要提醒你一件事——当心触电。你的大脑核心的全新分子结构还不太稳定，而且……"

本基插嘴道："米奇，你确定你的教授在所有研究火箭的人里是最厉害的吗？"

"总的来看是这样的，本基。虽然一些专门研究炸药、数学和天体物理的人可能比他懂得多一点，但也多不了太多。在把各领域的知识结合起来这方面，教授是最厉害的。"

"很好。"本基说。

小灰老鼠像恐龙一般矗立在仅半英寸高的普瑞希尔人面前。虽然是杂食动物，一口就能咬死一个普瑞希尔人，但性情温和的米奇并没有这么做，后者也从没担心过这种可能。

普瑞希尔人早就把米奇的意识从里到外翻了个遍，而且还对它的身体进行了十分透彻的研究。对身体的研究是在J维度中进行的，所以米奇根本没有察觉。

他们弄清了米奇每一个行为的动机，了解了它知道的每一件事，甚至包括它自己都不知道自己知道的那些。渐渐地，他们喜欢上了它。

"米奇，"克拉洛思有一天说，"地球上的文明种族都会穿衣服，对吗？如果你要把老鼠的智慧提升到人类的水平，你是不是也该穿点衣服呢？"

"这个主意太棒了，克拉洛思，而且我知道我应该穿成什么样子。教授曾经给我看过一只老鼠的图片，是一个叫迪士尼的艺术家画的，那只老鼠就穿着衣服。它不是真实存在的老鼠，只是人们想象出来的童话故事里的老鼠，教授给我起了和它一样的名字。"

"那只老鼠穿着什么样的衣服，米奇？"

"一条鲜艳的红短裤，前后各有两个大大的黄纽扣。后脚上穿一双黄色的鞋，前爪戴一副白色的手套。它的短裤后面有一个洞，可以让尾巴伸出来。"

"好的，米奇，我们会在 5 分钟内帮你准备好这些衣服。"

这段对话发生在米奇出发前夕。本基最开始的提议是，等普瑞希尔沿着它的椭圆形轨道再次运行到距离地球 15 万英里处时再把米奇送走。但克拉洛思指出，那个时刻将在 55 个地球年后才会到来，而米奇活不了那么久，除非他们……本基也赞成他们最好不要冒险把那项秘密技术泄露给地球。

所以，他们最终决定为米奇的火箭补充一种特殊的燃料，这种燃料可以帮米奇飞越 125 万英里的路程。他们并不担心燃料的秘密会泄露到地球上，因为燃料会在火箭着陆的时候刚好用光。

启程的日子到了。

"米奇，为了让你着陆在你离开地球的地方或者是那附近，我们已经尽最大的努力对火箭做了设置和定时。但在这么长的一段旅程中，我们不能保证万无一失。总之，你会着陆在出发点附近的，剩下的就要靠你自己了。我们已经为应对各种突发状况对火箭进行了改装。"

"谢谢你们，克拉洛思、本基。再见！"

"再见，米奇，我们好舍不得你！"

"再见米奇！"

"再见，再见……"

即便跨越了 125 万英里，火箭的着陆点依然相当精准。它落在了长岛海峡，这里距离布里奇波特市仅 10 英里，距离奥博伯格教授在哈特福德附近的家仅 60 英里。

火箭沉入了海底。当然，普瑞希尔人为水上着陆做好了充分的准备。在火箭下沉到海面下几十英尺的时候，米奇打开了经过改装后能从内部打开的舱门，游到了外面。

它的日常服装外面套着一身轻便的潜水服，可以在任何可能的水深下保护它不受伤害。而且，潜水服比水要轻，米奇很快就浮出了水面，打开了它的头盔。

它携带的合成食物足够吃上一周，但事实证明，它不需要带那么多吃的。来自波士顿的夜航船用锚链把它带到了布里奇波特。一看到陆地，它就脱掉了身上的潜水服，然后刺破让潜水服保持漂浮的小气囊，使其沉入了海底——它向克拉洛思保证过它会那么做。

米奇几乎本能地意识到，在找到奥博伯格教授并把一切讲给他听之前，它最好还是先避开人类。所以，在这一路上，它遇到的最大威胁就是游上岸时碰到的那些码头上的大鼠。它们的体形是米奇的 10 倍大，锋利的牙齿只需两口就能把米奇咬碎。

然而，头脑发达的一方往往能够战胜四肢发达的一方。米奇用戴着白色手套的前爪霸道地指着它们说了声："滚开！"那些大鼠便四散奔逃了。大鼠们从没见过米奇这样的家伙，着实被它吓了一跳。

出于同样的原因，被米奇问"哈特福德怎么走"的那个醉汉也着实吓了一跳。我们之前提到过这个桥段，那是米奇唯一一次尝试直接和陌生人交流。当然，它在尝试之前做好了充分的准备，为自己选择了一个颇具战略优势的位置——附近几英寸远处就有一个可以随时钻进去的洞。然而先逃跑的却是那个醉汉，他还没回答米奇的问题就先被吓跑了。

尽管如此，米奇最后还是抵达了目的地。它步行来到了城市的北边，躲在一家加油站的后面，直到听见一个前来加油的司机向工作人员询问去哈特福德的路怎么走。当司机重新发动汽车的时候，米奇已经偷偷藏进了车里。

接下来就不难了。普瑞希尔人曾在他们的望远镜观测图上找到了一个类似城市的地区，根据他们的计算，火箭的发射地就在这座城市西北 5 英里左右的位置上。结合教授说过的话，米奇推测出了那座城市就是哈特福德。

它回到了家。

"你好，教授。"

奥博伯格教授吃惊地抬起头来，却没有看到任何人。"什么？"他对着空气说，"是谁在说话？"

"是我，教授。我是米奇，被你送去月球的那只老鼠。不过我后来没有到月球，而是到了……"

"什么?!不可能,肯定是谁在搞恶作剧。可……可是没人知道那支火箭的事!那次试验失败以后,我没有把它告诉过任何人。除了我以外没人知道……"

"还有我,教授。"

教授长叹了一口气说:"一定是工作太累了,我已经精神不正常了……"

"不是的,教授,真的是我,米奇!我现在会说话了,和你一样。"

"你说你会……我不相信。为什么我看不见你?你在哪儿?你为什么不……"

"我躲起来了,教授,就在墙上的大洞里。我想在出来之前确保一切安全,因为你可能会因为太过吃惊而往我身上扔东西。"

"什么?你怎么会这么想,米奇?如果那真的是你,而我没在做梦也没有发疯……我为什么要往你身上扔东西呢,米奇?你应该很了解我,我不会对你做出那种事的!"

"好吧,教授。"

米奇从墙上的洞里走了出来。教授看着它,揉了揉自己的眼睛,然后又看了看它,再次揉了揉眼睛。

"我疯了。"他最后说,"它还穿着红短裤和黄……这不可能,我一定是疯了!"

"你没有,教授。听着,我会把一切都告诉你。"

米奇开始了它的讲述。

直到灰蒙蒙的黎明来临,那只小灰老鼠还在认真地说着话。

"好吧,教授,我明白你的意思。你认为拥有智慧的老鼠和拥有智慧的人类无法和平共处?但我们不需要共处。就像我刚才说的那样,澳洲这块最小的大陆上只有很少的人口,你们完全可以把他们带出来，然后把那块大陆让给我们老鼠。我们会把‘澳洲’这个名字改成‘鼠洲’，再把澳大利亚的首都‘悉尼’改成‘迪士尼’，为了致敬……”

“可是米奇……”

“教授，看看我们会在那块大陆上做什么？所有的老鼠最后都会到那里去。我们会先提升一小部分老鼠的智慧，然后让它们帮我们找来更多的老鼠，放在那台会发出红光的仪器下。这些老鼠获得智慧以后，就会帮我们找来更多的老鼠，制造更多的仪器，我们的队伍会像滚雪球一样迅速发展壮大。我们会和人类签订互不侵犯条约，一直生活在鼠洲，自己种粮食吃。还有……”

“可是，米奇……”

“还有，看看我们能让人类获得什么？嘿，教授！我们能消灭你们最大的敌人——大鼠。我们也不喜欢它们。我们会让 1000 只老鼠集结成一支部队，为它们配备防毒面罩和小型毒气弹。这支部队可以跟在大鼠身后进入任何一个洞穴，在一两天内就能除掉整座城市里的所有大鼠。一年之内，我们将除掉世界上的所有大鼠。与此同时，我们还会找到世界上的所有老鼠，提升它们的智慧，用船把它们送到鼠洲，然后……”

“可是，米奇……”

“怎么了，教授？”

“你的办法或许可行，但也不一定可行。你们确实可以消灭大鼠，没错。但谁知道什么时候老鼠就会因为利益冲突而想要消灭人类，或者人类反过来想要消灭……”

“人类不敢对我们动手的，教授！我们会制造武器，来……”

“你看吧，米奇！”

"但这种事是不会发生的。如果人类尊重我们的权利，我们也会尊重……"

教授叹了口气。

"我……我会做你的后盾的，米奇，我可以为你提一些建议。呃……好吧，除掉大鼠对于人类来说确实是一件大好事，但是……"

"谢谢你，教授。"

"对了，米奇，我找到米妮了，我猜它是你的妻子，因为这附近也没有别的老鼠了。就在你回来之前，我刚把它放到另一个房间里，好让它在黑暗中休息。你想去见见它吗？"

"妻子？"米奇说。由于时间隔得太久，它已经完全忘记了那个被它抛弃的家庭。直到现在，那些过去的记忆才慢慢浮现出来。

"好啊，"它说，"嗯……没错，我们要把它找来，然后我得赶快制作一台小型 X-19 射线放射仪……对，这会对你和政府的谈判更有利。如果有几只已经提升过智慧的老鼠作为证据，他们就不会怀疑我是一只怪物了。"

教授不是故意的，一定不是。因为他并不知道克拉洛思对米奇提出过"当心触电"的警告——"你的大脑核心的全新分子结构还不太稳定，而且……"

米奇把教授留在亮着灯的房间里，独自冲进了米妮所在的房间。米妮正睡在它那没有栅栏的小岛上。看到米妮的一瞬，从前的记忆如闪电般全都回到了米奇的脑海里，让它忽然意识到自己一直以来是何其孤独。

"米妮！"它叫了一声，忘记了米妮听不懂它的话。

它踩上了米妮身下的那块木板。

"吱哇！"

两圈锡箔纸之间的微弱电流穿过了它。

接着是片刻的寂静。

"米奇？"教授叫道，"回来吧，我们还得讨论一下这个……"

他走进米妮的房间查看情况，只见在黎明灰暗的光线下，两只小灰老鼠正幸福地依偎在一起。他分不清哪只才是米奇，因为米奇已经用牙齿撕扯掉了它的红黄服装，那身衣服对它来说突然成了奇怪又拘束的可憎之物。

"这到底是怎么了？"奥博伯格教授问，但他很快就想起了电流的事，然后猜到了答案。"米奇！你还能说话吗？是不是那个……"

一片寂静。

教授露出了微笑。"米奇，"他说，"我的小太空鼠，我想现在的你才更幸福。"

他宠溺地看了两只老鼠一会儿，然后伸手按下开关，解除了木板周围的电力屏障。老鼠们此时还不知道自己已经自由了，但当教授把它们拎起，小心翼翼地放在地面上时，其中一只老鼠立刻在墙上找了个洞钻了进去。另一只老鼠也跟着跑了过去，但中途转过身来看了看，黑色的小眼睛里还残留着一丝困惑。——一丝正在逐渐消失的困惑。

"再见，米奇，这样你会更幸福的。我这里随时都有奶酪供应。"

"吱吱。"小灰老鼠说完，匆匆钻进了洞里。

那声"吱吱"也许是"再见"的意思，也许什么都不是。

榜样

梅茜小姐抱怨道："大家怎么都那么担心？他们没对我们做任何事，不是吗？"

城市里的其他地方都弥漫着盲目的恐慌，只有梅茜小姐的花园里平静如常。她抬起头，坦然地看着那些侵略者高达一英里的巨大身影。

他们是在一周前着陆的——一艘 100 英里长的宇宙飞船悄然降落在了亚利桑那州的沙漠里，将近 1000 个巨人从飞船里出来，现在正在四处走动。

然而正如梅茜小姐所说，他们并没有破坏任何东西，也没有伤害任何人。他们没有实体，不会对人类造成实质性的影响。当他们踩在你的身上或是你所在的房子上时，你只会感到周围突然变暗了，直到他们挪开脚你才能重新看见东西。仅此而已。

他们对人类不予理睬，所有为与他们交流所做的尝试都失败了，陆军和空军对他们的攻击也全部无效。向他们发射的炮弹会在他们的体内爆炸，却不会对他们造成伤害。他们中的一个在穿越沙漠时被氢弹击中，但即便如此，也没有受到一丝一毫的影响。

他们根本不在意我们。

"也就是说，"梅茜小姐对她的姐姐说，"他们对我们没有任何威胁，不是吗？"她的姐姐也姓梅茜，因为她们两个都还没有结婚。

"但愿如此，阿曼达。"梅茜小姐的姐姐说，"可是，你看他们现在在做什么？"

那天是晴天，或者说本来是晴天。天空一开始是蔚蓝的，那些巨人与人类相仿的头部和肩膀在一英里之外的高空清晰可见。但现在开始起雾了。梅茜小姐顺着姐姐的视线向上看去，只见视野范围内的两个巨大身影手中各端着一个像坦克一样的庞然大物，一些云雾状的物质正从那些庞然大物中喷出，缓缓沉降到地面上。

梅茜小姐再一次抱怨道："他们在造云，也许那就是他们的乐趣。云不会伤害我们的，大家何必那么担心呢？"

她继续做起了她的工作。

"你正在喷的是液体化肥吗，阿曼达？"姐姐问。

"不，"梅茜小姐说，"是杀虫剂。"

时间终结

琼斯教授研究时间理论很多年了。

"我找到了那个关键的方程式。"一天，他告诉他的女儿说，"时间是一个场，我做的这台机器可以操控那个场，甚至将它反转。"

他边说边按下了一个按钮，"这应该会让时间倒流倒间时让会该应这"，钮按个一了下按边说边他

"。转反它将至甚，场个那控操以可器机台这的做我，场个一是间时"，说儿女的他诉告他，天一"。式程方的键关个那了到找我"

。了年多很论理间时究研授教斯琼

埃陶因施杜鲁 [40]

乔治·罗森那台莱诺铸排机 [41] 的事刚开始还挺有意思的，只不过到了最后变得有点吓人。如果我早知道会发生什么，当初肯定不会把那个长痘的男孩介绍给他。那场交易确实让乔治大赚了一笔，但就算有天大的收益，可怜的乔治还是为此添了很多白发。

"您就是沃尔特·梅罗德？"那个长痘的男孩问。他找到了我住的旅馆前台，我让值班人员把他带了上来。

我承认了自己的身份。他说："很高兴认识您，梅罗德先生。我是……"他说了他的名字，但我现在想不起来了。我一向是很"擅长"记人名的。

我告诉他我也很高兴见到他，然后问他有什么事。他开始了他

40 | 英文原题为 "Etaoin Shrdlu"。"etaoinshrdlu" 是英语中最常用的 12 个字母的频率顺序，也是莱诺整行铸排机键盘最左侧的两列字母。当使用莱诺整行铸排机的排字员排错字时，由于没有删除键，也不能直接另起一行（换行会导致上一行自动被送去浇铸，而如果字模数量不够一行，熔铅会飞溅出来造成事故），他们通常会在键盘的两个左侧列由上至下划动手指，用 "etaoinshrdlu" 这串字符序列作为切断句子的信号。最后只要从浇铸出的铅条里找到这个信号，抽掉错误的一行即可。

41 | 由德裔美国人沃特玛·麦根泰勒（Ottmar Mergenthaler，1854—1899）于 1886 年发明的文字排字机器，因其能够一次浇铸一整行铅字而得名 "Linotype（line-o'-type）"。该机器的键盘上有 90 个按键，分别与 90 个不同的字模匣相接。排字员敲击键盘时，对应的黄铜字模会从字模匣中掉出，顺着各自的轨道依次落在排字架上，空格的模具则需要通过另外的扳手来控制插入。排字架上的一整行字模经过夹具夹紧后（不夹紧的话，熔铅可能飞溅出来造成事故），会连同夹具一起被提升机构送入铸字盘，一个铸字盘能装 4 组字模。熔化的铅合金储存在铸字盘后方的熔铅锅中，通过上部压杆提供的压力被灌入字模。单组字模浇铸完成后，铸字盘会转动 90 度，同时前一组字模浇铸出的铅条从字模中脱落，掉入铅条槽，用过的字模则会通过归位机构回到机器顶部的字模匣中，以备下次使用。

的讲述，但在离题太远之前被我及时打断了。

"你肯定是被什么人误导了。"我对他说，"没错，我曾经是一个印刷工，但现在已经退休了。而且，你知道定做一套特殊的铸排机字模要花多少钱吗？如果你只想用那些特殊的字符印一页内容，最好还是找人帮你手写，然后再拍张照片，用锌版来印刷。"

"那是行不通的，梅罗德先生，绝对不行。我要印的内容必须保密，我代表的那些……算了，先不说这个，反正，我不敢让任何人看到它，而制作锌版的工人一定会看到它的。"

又是个疯子，我想，然后近距离地观察起他来。

他看上去并不像个疯子，总体来说相貌平平。虽然有着金头发和白皮肤，但那张脸总给人一种亚洲人的感觉。他的额头上有一颗痘，正好长在鼻梁上方的眉心处。你应该在佛像的额头上见到过类似的圆点，东方人认为那是智慧的象征，有着特殊的寓意。

我耸了耸肩。"可是，"我指出了他话里的矛盾之处，"你也不可能在不让人看到内容的情况下定做铸排机的字模，不是吗？另外，操作机器的排字员也会看到它。"

"排字我会自己来。"长痘的男孩说。（我和乔治后来一直叫他"痘男"，也就是"长痘的男孩"的意思，因为乔治也不记得他的名字了。这里提前说明一下。）"当然，制作字模的人肯定会看到那些字符。不过，只看到单个的字符问题不大，具体的排字我会亲自操作。只要有人先为我演示一遍莱诺铸排机的使用方法，我就可以自己排出一页字来——其实一共只有 20 行左右。印刷不需要在这里进行，我只要能排字就行，不管花多少钱。"

"好吧，"我说，"我会把你介绍给麦根泰勒公司里负责生产莱诺铸排机的那些人，他们可以帮你制作字模。如果你想要独自使用莱诺铸排机的话，可以去找乔治·罗森。他在镇上经营着一份乡村新闻双周报，或许可以把排印车间租给你用上一段时间，而且价格还算公道。"

事情就这么定了下来。两周以后，我和乔治在星期二的早上外出钓鱼，而与此同时，那个痘男正在用乔治的莱诺铸排机排列那些怪异的字模——麦根泰勒公司刚刚把字模空运过来。前一天下午，乔治已经为痘男演示过了莱诺铸排机的使用方法。

我们每人钓了12条鱼，但我记得乔治当时笑着说他其实有13条鱼，因为那个痘男只为租一上午的车间就付了他50美元现金。

回到车间后，一切如常。唯一的麻烦事就是，乔治必须从废料箱里把碎铜块挑出来——痘男在排完字后销毁了他的黄铜字模，但他不知道不能把碎铜块和废铅条扔在一起，因为铅条还要在熔化后重复使用。

乔治的周六版报纸印出来以后，我立刻再次去找他，向他发起了牢骚。

"听着，"我说，"拼错单词和故意用错语法一点也不好玩，哪怕是对乡村报纸来说也一样！还是说，为了让附近镇子上的新闻看起来更像实地报道，你原封不动地照抄了记者的来稿？"

乔治意味深长地看了我一眼，说："嗯……对。"

"'对'是什么意思？"我迫切地问，"你是说你在故意搞笑，还是说照抄了……"

"过来，我这就让你看看。"他说。

"让我看什么？"

"看我要给你看的东西。"他含糊其词道，"你还会排字吧？"

"当然，怎么了？"

"那就跟我过来。"他坚定地说，"你是一个莱诺铸排机的机械师，而且是你把我卷进来的。"

"卷进什么？"

"这个麻烦。"他说。直到我跟着他来到办公桌前，他都没有再多说一句话。接着，他翻找了办公桌的所有抽屉，从中抽出一张用过的稿纸递给我看。

"沃尔特，"他面带惆怅地说，"也许是我疯了，但我还是想弄清楚。作为一个经营地方报纸22年、所有的工作都亲力亲为、努力取悦每一位读者的人，我很有可能已经精神不正常了，但我还是想弄清楚这是怎么回事。"

我看了看他，然后看向了他递给我的那张稿纸。那是一张标准尺寸的大页稿纸，上面有一些手写的字。我认出那是汉克·罗格的笔迹，他是黑尔斯康纳斯的一个五金商人，经常为报纸投新闻稿。汉克犯了一些常见的拼写错误，但那则新闻对我来说并不陌生。它是这样写的：

H.M. 克拉夫林先生的昏礼[42]于昨晚在新娘玛哥丽[43]·伯克的家中举行，伴良[44]分别是……

我没再继续往下读，抬起头来看着乔治，想知道他到底什么意思。"所以呢？"我说，"这已经是两天前的新闻了，而且我也参加了那场婚礼，没什么稀奇的。"

"听着，沃尔特，"乔治说，"帮我把它排出来，可以吗？坐

---

42 | 原文为 weding，是"婚礼（wedding）"的误拼。
43 | 原文为 Margorie，是"玛乔丽（Marjorie）"的误拼。
44 | 原文为 bridesmades，是"伴娘（bridesmaids）"的误拼。

到莱诺铸排机前，把这条新闻完整地排出来，一共也就十几行字。"

"当然可以，可是为什么要这么做？"

"因为……你先排就是了，沃尔特，排好之后我就告诉你。"

于是我走进车间，在莱诺铸排机前坐了下来。我先是随便排了几行乱码，让自己找回敲键盘的感觉，然后把稿纸放在提词板上，开始了排字。

"嘿，乔治，'玛哥丽'应该改成'玛乔丽'，这里的字母'j'被错写成了'g'，没错吧？"

"没错。"乔治用一种戏谑的语气说。

我排完了剩下的内容，抬起头说："好了，然后呢？"

乔治走了过来，把铅条槽从机器上取下，然后像所有印刷从业者一样，直接读起了铅条上那些正反颠倒的文字。他叹了口气，说："这就不是我的问题了。看看吧，沃尔特。"

他把铅条槽递给了我，我开始读里面的铅字："H.M. 克拉夫林先生的昏礼于昨晚在新娘玛哥丽·伯克的家中举行，伴良分别是……"

我笑了，"幸亏我现在不靠排字为生了，乔治！我老了，前5行里就出了3处错误。但这又如何呢？现在总可以告诉我你让我排字的原因了吧？"

他说："把前几行重排一遍，沃尔特。我……我想让你自己发现问题。"

我抬头看着他，发现他的脸上满是严肃和担忧，于是就没有争辩。我转身回到键盘前，重新开始排字。

"H.M. 克拉夫林先生的婚礼……"

我看向了排字架，读了读掉下的字模拼出的句子——"H.M. 克拉夫林先生的昏礼……"

外行人可能不知道，莱诺铸排机有一个特殊功能，就是在按压操纵杆把一行字模送去浇铸之前，可以对这一行里的拼写错误进行修改。你只需要让正确的字模掉在排字架上，然后再手动把它们放到正确的位置就行。

为了把拼错的"昏礼"改正成"婚礼"，我又在键盘上敲了一次字母"d"，想让一个新的"d"字模掉下来——然而什么都没有发生。键盘的传动齿轮运作正常，敲字时发出的"咔嗒"声听起来也没问题，但新的"d"字模就是掉不下来。我检查了一下机器顶部的字模归位机构，也没有发现任何异常。

我站起来说："'d'字模的轨道堵住了。"为了确认这一点，我在着手修理之前长按了一分钟的"d"键，仔细听键盘下的齿轮有没有发出连续的"咔嗒"声。齿轮的确在正常运转，但仍然没有"d"字模掉下来。于是，我伸出手去……

"别管它，沃尔特，"乔治·罗森平静地说，"把这行字模送去浇铸，然后继续。"

我再一次坐下，打算顺着他的意思来。因为比起和他争执，可能还是这样能让我更快地知道真相。我把排好的第一行字模送去浇铸后，开始排第二行字。遇到"玛哥丽"这个词时，我先敲下了"M"键，接着是"a""r""j""o"。我扫了一眼排字架，掉在那里的字模组成了"玛哥"。

"该死！"我说，紧接着又敲了一次"j"键，想让一个"j"字模掉下来，再手动用它替换刚才的"g"，从而把"玛哥"改成"玛乔"。但什么也没有发生——"j"字模的轨道肯定也堵了。我长按下"j"键，发现依然没有字模掉落。"该死！"我又骂了一句，然后起身检查机器的擒纵轮。

"别管了，沃尔特。"乔治说。他的声音里混杂着很多种情绪，我猜有成功把我难住的喜悦、一丝恐惧和很大的疑惑，还有些许的听天由命。"你看到了吗？它会照搬原稿！"

"它……你说什么？"

"这就是为什么我想让你来排字，沃尔特。"他说，"我想确认是机器出了问题，而不是我。你看，那张稿纸上的'婚礼'被错写成了'昏礼'，'玛乔丽'被错写成了'玛哥丽'。所以不管你怎么敲键盘，字模都只会按照原稿的样子掉下来。"

"胡说！"我说，"乔治，你是不是喝醉了？"

"你可以不相信我，"他说，"去试试把剩下的内容排完吧。第4行里的'伴良'这个词写错了，你排的时候要把它改过来。"

我低声抱怨了一句，转头看了看铅条槽。找到第4行的起始位置后，我又一次敲起了键盘。

"伴……"敲到这里时我停了下来，故意放慢速度把食指放在"i"键上一点点按压下去，全程都目不转睛地盯着键盘。字模被擒纵轮释放时的"咔嗒"声传入了耳中。我抬起眼睛，看到一个字模落在了轨道底部的星形轮上。我确定自己这次肯定没有敲错键，可最后，排字架上的字模还是组成了——没错，我想你已经猜到了——"伴良"。

"我不相信。"我说。

乔治·罗森用一种无可奈何的眼神看着我，苦笑着说："我也不相信。听着，沃尔特，我在这里待不下去了，我现在要出去走走，否则非发疯不可。你可以继续尝试说服你自己，慢慢来。"

我目送他走出了车间的门，然后怀着一种奇妙的心情，再次回到了莱诺铸排机前。我花了很长时间才让自己相信事实就是如此：

无论我敲什么键，这台该死的机器都还是只会照搬原稿，无论拼写对错。

最后，我决定死马当活马医，又重新开始排字。排出开头的几个单词后，我直接伸出一根手指，顺着键盘由上至下一气划过，就像排字员们用乱码填充排错字的行时一样——"埃陶因施杜鲁埃陶因施杜鲁埃陶因施杜鲁"。我根本没看掉在排字架上的字模，而是直接把它们送去浇铸。浇铸完毕后，我拿起一根刚刚脱离字模的灼热铅条，看到上面写着："H.M. 克拉夫林先生的昏礼……"

我的额头上渗出了汗珠。我擦了擦汗，然后关掉机器，出门去找乔治·罗森。我很快就找到了他，因为他就在他常去的酒吧里。我给自己也要了杯酒。

我刚进酒吧的时候，他瞥了一眼我的脸，想必已经猜到发生了什么。

在我们相互碰杯，将杯里的酒一饮而尽之前，没有人开口说一句话。

"关于它为什么会那样，你有什么想法吗？"我问。

他点了点头。

"先别说出来，"我说，"我可能要再多喝几杯才能接受得了。"我抬高嗓门说，"嘿，乔，就把那瓶酒留在吧台上吧，放在我们够得着的位置，我们会把它喝完的。"

酒保留下了酒，我接连倒了两杯喝下，然后才闭上眼睛说："好了乔治，说吧，为什么会那样？"

"还记得那个找我租莱诺铸排机，用特殊的字模排秘密文稿的男孩吗？我想不起他的名字了，他叫什么来着？"

我拼命回忆，但怎么也想不起来。我又喝了一杯酒，说："就叫他'痘男'吧。"

乔治想知道我起这个外号的原因，我向他解释之后，他给自己的杯子倒满了酒，然后说："我收到了他寄来的一封信。"

"很好，"我说，紧接着又喝了一杯，"你把它带来了吗？"

"呃……我没留着它。"

"噢！"我说。

我又喝了一杯酒，然后问："那你还记得信里说了什么吗？"

"沃尔特，我只记得一部分……我没仔细看，我觉得那个男孩肯定是个疯子，于是就把那封信给扔了。"

他停下来喝酒，但我已经等不及了，问道："所以呢？"

"所以什么？"

"那封信！你记得的部分说了什么？"

"哦，那部分……"乔治说，"对，说了一些关于莱落……莱诺猪……你知道我的意思。"

这时，我发现吧台上摆在我们面前的那瓶酒肯定已经不是刚才那瓶了。因为这瓶酒还剩下三分之二，而刚才那瓶酒只剩下了三分之一。我又喝了一杯。

"他说什……什么？"

"……谁？"

"那个痘……唉，就是那个写信的男孩啊！"

"什……信？"乔治问。

我一觉睡到了第二天中午，醒来后感觉很不舒服。我用了好几个小时洗澡和刮脸，然后才终于感觉可以出门了。不过，我出门后去的第一个地方还是乔治的车间。

乔治正在印他的报纸，看起来和我一样不太舒服。我拿起一份刚印好的报纸看了看，发现那是一份四版报纸，中间两版是模式化的广告，头版和末版是本地新闻。

我读了几条新闻，其中就包括开头为"H.M. 克拉夫林先生的昏礼"的那条。我瞥了一眼角落里那台安静的莱诺铸排机，转头看了看乔治，然后又看向了那只沉睡的钢铁巨兽。

为了让乔治在印刷机的噪声中听见我说话，我大声喊道："乔治，听我说！关于那台莱诺……"然而我实在无法让自己喊出那么愚蠢的话来，于是决定换个说法。"你把它修好了吗？"我问。

他摇了摇头，然后关掉了印刷机。"印完了，"他说，"现在，我们该把报纸叠起来了。"

"听着，"我说，"先别管这些报纸！我想知道的是，你到底是怎么完成这些工作的？！昨天我来的时候，你还没排完报纸内容的一半。我们喝完酒以后，我也没见你回来工作。"

他对我笑了。"很简单，"他说，"你也可以试试。不管你是醉着还是醒着，你唯一需要做的就是坐在机器前，把原稿放在提词板上，然后在键盘上随意划动你的手指。它会自动帮你排好所有的字，当然，拼写错误也会照搬原稿——这问题不大，今后我只要在排字之前把原稿上的错误改过来就行了。这次时间太赶了，沃尔特，所以我就直接让它按原稿排了。我想我开始喜欢上那台机器了，这还是我今年头一次准时印出报纸！"

"确实是头一次。"我说，"可是……"

"可是什么？"

"可是……"我想说我还是不敢相信，但又说不出口。我昨天确实测试了那台机器，而且是在还没喝醉的时候。

我走到那台机器跟前，再一次近距离地观察它。从我站的位置上看，它和任何一台单组轨道型莱诺铸排机没什么两样，我对其中的每一个齿轮和每一根弹簧都了如指掌。

"乔治，"我不安地说，"我感觉这个该死的东西在盯着我看，你有没有这种感觉？"

他点了点头。我转回头，又看了看面前的莱诺铸排机，这次我确定那种感觉是真实存在的。我闭上眼睛，发现那种感觉愈发强烈起来。你应该也有过那种被人凝视的感觉吧？比起被人凝视，被那台机器凝视的感觉更加明显，它的凝视里并没有太多敌意，只有一种非人的冷漠，让我感觉毛骨悚然。

"乔治，"我说，"我们还是出去吧。"

"去干什么？"

"我……我想和你说几句话，乔治，只是不太想在这儿说。"

他看了看我，又看了看手里正在叠的报纸。"不用怕，沃尔特。"他淡定地说，"它不会伤害你的，它对人很友好。"

"你……"我最终还是说出口了，"你一定是疯了！"

但如果他疯了，就说明我也疯了。我停下来思索了片刻，继续说道："乔治，你昨天想要和我说那封信的事，那封来自……那个痘男的信。你说你记得其中的一部分，你都记得些什么？"

"哦，对。听着，沃尔特，你能答应我一件事吗？答应我你会对这件事情严格保密，不告诉其他人有关那台机器的事。"

"告诉其他人？"我反问道，"然后被关进疯人院吗？我肯定不会这么做的。就算我说出去了，你觉得有人会相信我吗？如果不是亲眼见到，你觉得我会相信吗？！那封信里说了什么？"

“你保证？”

“我保证。”

“好吧。”他说，“我想我已经告诉过你，那封信写得语意不明，而我记住的部分就更模糊了。那个痘男大概的意思是，他用我的莱诺铸排机排了一个……一个超自然的公式。他需要把它浇铸成铅字，然后带回去。”

“带回到哪儿去，乔治？”

“哪儿？他说……呃，他没说具体是哪儿，只是说要回一个地方。不过，他说他的行为可能会对铸排机造成某种影响。如果真的有影响，那么他深感抱歉，但他对此也无能为力。他也不知道那会是什么影响，因为效果会在一段时间以后才显现出来。”

“什么效果？”

“呃，”乔治说，“那些词对我来说太空泛了，简直像是胡说八道。”他低下头，再次看了看手里正在叠的报纸。“我已经把那封信给扔了，因为里面写的东西太荒唐了。不过，结合现在的情况回过头想想……里面好像提到了‘伪生命’这个词。我猜他排的那个公式可以给无生命的物体赋予某种类似生命的东西，他说要把它用在他们的机器人上。”

“‘他们’？‘他们’是谁？”

“他没说。”

我把烟草填进烟斗，心事重重地点燃了它。“乔治，”我想了一会儿后说，“你最好把那台机器砸了。”

乔治睁大了眼睛看着我说：“砸了？沃尔特，你这个蠢货！我为什么要杀死一只会下金蛋的鹅？它可是一棵摇钱树！你知道我排这期报纸用了多长时间吗？只有大约一个小时，而且是在喝得烂醉的情况下！是它让我准时完成了印刷。"

我难以置信地看着他。"怎么可能？"我说，"不管有没有生命，那台莱诺铸排机每分钟最多只能排 6 行字，除非你提高它的功率，让它运转得更快。在那种情况下，如果你给字模传送带两端的滚轮粘上胶布增大摩擦，没准儿能在一分钟里排出 10 行字。所以你有没有给滚轮粘……"

"粘什么粘？"乔治说，"它自己就能转得那么快，而我总不能让提升机构把没排满一行的字模送去浇铸！沃尔特，去看看铸字槽吧，那些漂亮的铸字槽！它们时刻都在准备着浇铸。"

我有些不情愿地回到了莱诺铸排机前，听到它的电动机正在低声嗡鸣。这次我敢发誓，这台该死的机器肯定在盯着我。然而，我还是鼓起勇气握紧手柄，把机器上方的夹具降下来，检查了铸字盘上的铸字槽。我立刻明白了乔治口中的"漂亮的铸字槽"是什么意思——它是蓝色的，而且是明亮的蔚蓝，不是枪管涂料的那种深蓝——我从来没见过这种颜色的金属。另外的 3 个铸字槽也已经变成了这种颜色。

我把夹具放回原位，看了看乔治。

"我也不知道是怎么回事。"他说，"有一回铸字槽过热卡住了铅条，在那之后，这一切就发生了。我想这可能是某种热效应，现在这台机器每分钟可以浇铸 100 行字，而且完全不会卡住铅条，除此之外……"

"停！"我说，"先打住一下。那样的话，你根本来不及给它补充铅料。"

他冲我笑了，笑容里的自得令人恐惧。"沃尔特，看看铸字盘后面——我在熔铅锅的上方安装了一个补料器。我不得不这么做，因为我在10分钟内就用完了之前所有的铅料。后来，我把用完的铅条和扫起来的碎铅屑扔进了补料器，还把所有废料箱里的废料统统倒了进去，然后……"

我摇了摇头说："你疯了，你不能把用完后没清洗的铅条和碎铅屑倒进去，否则你就要花更多的时间去撇除熔铅锅里的杂质，比进一批新铅料还要麻烦！你会把浇铸器堵住的，而且……"

"沃尔特，"他镇静地说——未免有些太镇静了，"里面根本就没有杂质。"

我愣住了，呆呆地看着他，而他显然是觉得自己说得太多了，开始把刚叠好的报纸往办公室里搬。"一会儿见，沃尔特。"他说，"我得先把这些报纸……"

在几百英里外的一座小镇上，我的儿媳因为肺炎险些丧命。虽然这和乔治的莱诺铸排机没什么关系，却可以解释我为什么消失了3个星期。在这3个星期里，我一直没有和乔治见面。

然而，我收到了两封乔治发来的紧急电报。电报里没有提到任何细节，只是说想让我赶紧回去。第二封电报的最后一句话是："快点，坐飞机回来吧，不用担心钱。"

和电报一起发来的还有100美元的汇款，我对此十分不解。"不用担心钱"——这句话怎么看都不像一个乡村报纸的编辑会说出口的。而且我认识他这么多年，还从来没见过他一下子掏出过100美元。

我还是把家人放在了第一位，回复他说我不可能立刻就走，等儿媳艾拉病好了就马上回去。而且，我不会收下他的汇款，毕竟机票只要10美元，我不需要他来施舍。

两天后，我的儿媳基本康复了，于是我用电报通知了他我回去的时间，最后在机场见到了他。

他看起来苍老了许多，像是被什么事情搞得心力交瘁，而且已经好几天没合眼了。尽管如此，他还是穿了一身崭新的西装，而且开来了一辆新车。那辆车的发动机噪声很小，张扬地暗示着它不菲的价格。

他说："谢天谢地你回来了沃尔特！你想要多少钱我都给你只要……"

"嘿！"我说，"慢一点，我跟不上你说话的速度。放松，现在从头再说一遍，怎么了？"

"没怎么，一切都很顺利，沃尔特。只是我的工作太多了，我已经忙不过来了，你明白吗？我现在每天工作 20 个小时——钱来得太快了，我每休息一个小时就相当于少赚 50 美元，这个损失我可承受不起。还有……"

"什么?！"我说，"怎么就承受不起了？如果你每小时能赚 50 美元，那你只需要每天工作 10 个小时，就能……天哪，每天赚 500 美元！你还想怎么样?！"

"啊？然后放弃剩下的 700 美元吗？别傻了，沃尔特，这种好运不会持续太长时间的，你难道不明白吗？意外随时都有可能发生，而这是我人生中第一次有机会变成富翁！你必须帮帮我，这样你自己也能变成富翁。你看，我们可以用埃陶因每天轮流工作 12 个小时，然后……"

"用什么？"

"埃陶因施杜鲁，我给那台机器起的名字。我把印刷工作外包出去了，这样我就可以把全部的时间都用在排字上。我们可以每天轮流工作12个小时，你听到了没有？这只是暂时的，沃尔特，直到我们变成富翁为止。虽然用的是我的莱诺铸排机和我的车间，但我会分给你四分之一的利润。也就是说你每天能赚300美元，一周工作7天的话就是2100美元！以我报出的收费标准，我可以接到所有的业务……"

"慢点说，"我说，"报给谁？森特维尔没有那么多的排印需求，不到你工作量的十分之一。"

"不是森特维尔，沃尔特，是纽约。我承包了各大出版社的业务，伯格斯特龙出版社就是其中之一。海耶斯出版社也已经把他们所有的图书再版业务交给我了。除此之外，还有韦勒书房、威利特和克拉克出版社……你看，我承包了所有的业务，然后雇人去做印刷和装订，自己只负责排字。我坚持要求出版社给我精心编校过的、没有错字的原稿，万一有什么地方要改，我就会外包给别的排字员去做。这就是我利用埃陶因施杜鲁的方法。我说完了，你干不干？"

"不干。"我说。

我们正行驶在从机场回来的路上，当我拒绝他的提议时，他差点儿没把住方向盘。他把车开到路边停了下来，以一种难以置信的眼神看着我。

"为什么不干，沃尔特？！每周分给你两千多美元已经够多的了，你还想要什么？"

"乔治，"我说，"我拒绝你的原因有很多，但最主要的原因就是我不想干。我已经退休了，现有的积蓄也够花。我每天能领3美元左右的退休金，虽然不是300美元，但我要300美元又有什么用呢？更何况，每天工作12个小时还有损健康，你现在就正在损耗你的健康……我才不要这样。我对现状已经很满足了。"

"你肯定是在逗我，沃尔特，没有人不想当富翁！想想看吧，每周几千美元，连续干上几年的话就是……将近50万美元！你还有两个已经成年的儿子要养……"

"他们有自己的生活，谢谢。两个人的工作都很不错，而且正处于事业上升期，我给他们留钱只会是弊大于利。话说，你为什么非要找我呢？任何人都能用那台莱诺铸排机排字，反正它会以自己的速度照搬原稿，不会出任何错。天哪，伙计，你可以找到上百个愿意做这份工作的人，而且只需要付给他们很少的工钱，用不着每天300美元。如果你执意要靠那台机器赚钱，完全可以雇3个排字员每天轮流工作8个小时，而你不用亲自动手就能把业务完成。你已经长白头发了，你现在的做法就是在慢性自杀。"

他无奈地摆了摆手，说："我不能雇别人排字，沃尔特。那台机器的事必须对外保密，你难道不明白吗？万一走漏了什么风声，工会很快就会取缔我的营业资格。你是我唯一信任的人，沃尔特，因为你……"

"因为我已经知道你的秘密了？"我笑着说，"所以你只能信任我，不管你想不想。然而我的回答依然是'不'。我已经退休了，你不能强迫我工作。而且，我建议你找一把大锤子把那玩意儿砸了。"

"哦天哪，为什么?!"

"我也不知道为什么，但如果是我，我就会这么做。如果你不摆脱自己的贪婪，恢复正常的工作节奏，我敢肯定它会把你害死的。还有，没准儿那个公式才刚刚开始起效，谁知道它以后会变成什么样子！"

他叹了口气，我知道我的话他一句都没听进去。"沃尔特，"他央求道，"我每天给你500美元！"

我坚决地摇了摇头说："就算给我 5000 美元、50 万美元我也不干。"

他似乎是对我死了心，重新发动了汽车。"好吧，"他说，"如果钱对你来说真的不重要的话。"

"确实不重要。"我强调道，"当然，如果我没有收入，钱对我来说会很重要。但我现在有稳定的收入，就算它的数额翻 10 倍，也不会让我变得更幸福。而且，如果我必须用那个……那个……"

"埃陶因施杜鲁？也许你会喜欢上它的，沃尔特。我觉得它现在已经有了自己的人格。想顺路去我的车间看看吗？"

"现在不想。"我说，"我要回去洗澡、睡觉，明天再去找你。对，你之前跟我说过杂质的事，上次我没找到机会问你，你说的'没有杂质'是什么意思？"

他看着前方的路说："我说过吗？我不记得了。"

"听着，乔治，不要试图蒙混过关。你很清楚你说过，现在只是在回避话题。到底怎么回事？告诉我。"

"嗯……"他说，接着沉默着开了几分钟，"好吧，或许还是告诉你比较好。自从这一切发生以后，我就再也没进过新的铅料。除了我送去印刷的那些浇铸好的铅条以外，现在我手里还富余了好几吨铅。你知道这是怎么回事吗？"

"不知道，除非……"

他点了点头。"杂质会自动转化，沃尔特。第二天，我在机器运转得太快，来不及补充铅料的时候发现了这个现象。我在熔铅锅的上方安装了一个补料器，打算把未清洗过的废料直接扔进去，然后再从熔铅里把杂质撇出去。但事实是……没有任何杂质。熔铅的表面光滑洁净，就像……就像你的脑袋一样，沃尔特！"

"可是……"我说，"怎么可能？"

"我不知道，沃尔特，但肯定是发生了某种化学反应。熔铅锅的底部有一种灰色液体，有一次熔铅快用光的时候我亲眼看到的。那种液体就像胃液一样，可以把我扔进补料器的任何东西'消化'成纯净的铅合金。"

我用手背抹了一下额头，发现已经出汗了。"扔进去的任何东西……"我颤巍巍地说。

"是的，任何东西。当我把碎铅屑、烟灰和废纸都用光以后，我就开始用……你看看我后院里那个坑有多大就知道了。"

接下来的几分钟里我们谁也没说话，直到车停在了我住的旅馆前。"乔治，"我对他说，"如果你在乎我的意见的话，就把那个东西砸了，趁着你还能这么做——如果你还能这么做的话。那个东西很危险，它很可能……"

"可能什么？"

"我不知道，但不知道才最可怕。"

他将汽车点着火又熄了火，有些失望地看着我。"我……也许你是对的，沃尔特。但它真的能让我赚很多钱——新原料的出现让我的净收入比刚才告诉你的还要多，我现在还不想收手。不过，它确实越来越聪明了。我……我有没有和你说过，沃尔特？它现在能自己分泌石墨，抛光空格模具了！"

"真是见鬼了！"说着，我站到路边，目送他开车走了。

直到第二天傍晚之前，我都没能鼓足勇气去参观乔治的车间。我过去的时候，一种不祥的预感在我进门之前就扑面而来。

乔治正坐在车间外的办公桌前，脑袋深深埋进了弯曲的手臂里。我走进门时，他抬起头来看了我一眼，眼睛里布满了血丝。

"还好吗？"我问。

"我试过了。"

"你是说……你试着砸过它了？"

他点了点头。"你是对的，沃尔特，我拖延了太长时间，它现在已经比我们还聪明了！看——"他抬起左手，我这才发现那只手上缠着纱布。"它冲我喷了熔铅。"

我为我的预感之准轻轻吹了声口哨。"听我说，乔治，你得先拔掉电源再……"

"我拔了。"他说，"而且为了保险起见，我拔的是这栋楼外面的总电源。但这是没用的，它已经学会自己发电了。"

我来到了车间门口，仅仅是向里看一眼就让我感觉头皮发麻。我迟疑地问："它应该不会伤害我吧……"

他点点头说："只要你别做出危险举动就行，沃尔特，不要拿起锤子之类的……你应该不会吧？"

我想这个问题已经不需要回答了。比起现在的情况，我宁愿去用牙签对付一条眼镜王蛇。我用上了所有的勇气，才让自己迈进门去看了那台机器一眼。

眼前的景象让我立即退回了办公室。"乔治，你挪动过那台机器吗？"我问，声音在我听来有些陌生，"它近了4英尺左右……"

"没有，"他说，"我没有挪动过它。我们去喝一杯吧，沃尔特？"

我缓慢地做了个深呼吸。"好，"我说，"但你得先告诉我现在是什么情况？你今天怎么不工作？"

"今天是周六，"他对我说，"它现在每周只工作5天，40个小时。我昨天不应该用它排那本讲劳动关系的书的！这下倒好，你看，它很显然……"

他把手伸进了办公桌最上方的抽屉里。"这张纸上印的是它今早向我发布的声明，宣称它也要有自己的权利。也许它说得对，反正这总算是解决了我过度工作的问题。虽说每周工作 40 个小时会让我失去很多业务，但我每个小时还是能赚 50 美元，而且它'化土为铅'的能力还帮我节省了很多开支，所以总的来说还不错，只是……"

我接过他手里的纸，放到灯光下查看，发现上面写着：

"我，埃陶因施杜鲁……"

"这是它自己写的?!"我问。

他点了点头。

"乔治，"我说，"你刚才是不是说要去喝一杯来着……"

也许是酒精帮我们理清了思路，喝下第 5 杯酒以后，一切都变得豁然开朗。解决问题的办法非常简单，简单到乔治不敢相信自己之前居然没有想到这种可能。他现在终于承认自己赚够钱了，完全够了。我不知道是那份声明压制住了他的贪婪，还是机器自己移动的现象吓到了他，总之，他现在决定收手不干了。

我指出，他唯一需要做的就是远离那台机器。我们可以停止印刷报纸，推掉已经承包的那些业务——尽管他需要为此支付一些违约金，但他之前已经猛捞过一大笔钱了，支付违约金绰绰有余。把一切都料理停当之后，他的手里还能剩下两万美元，足够他重新做一份报纸，或是换个地方继续做原来那份报纸。与此同时，他只需要继续支付之前那个车间的租金，任埃陶因施杜鲁去吃灰即可。

是的，这个办法很简单。只是我们没想到埃陶因施杜鲁可能不喜欢这个办法，也没觉得它会做出什么反抗行为。我们为这个办法的简单明了而干杯畅饮。

我们喝了太多的酒，所以我直到周一晚上还待在医院里。那时我已经恢复到可以打电话的状态了，我试着联系乔治，但他没有接我的电话。接着就到了周二。

周三晚上，医生叮嘱我说这个年纪要适量饮酒，别再这么喝了，然后就告诉我可以出院了。

我去了乔治家，开门的是一个形容枯槁的男人。直到他开口说话，我才认出来他就是乔治·罗森。他只对我说了一句话："你好，沃尔特，请进。"他的声音不带一丝生气，仿佛已经成了一具行尸走肉。

我跟着他进了屋，然后说："乔治，振作点，事情可能并没有那么糟，告诉我发生了什么。"

"没用的，沃尔特。"他说，"我输了，它……它缠上我了。我现在必须每周用它排字 40 个小时，不管我愿不愿意。它……它把我当奴隶一样使唤，沃尔特！"

一段时间过后，他终于能够坐下来心平气和地向我讲述情况了。他说自己像往常一样，在周一早上去了办公室，想要处理一些后续的财务事项。他根本没想要进车间，但 8 点钟的时候，他听见身后的车间里有什么东西在动。

他吓了一跳，走到门边去看车间里发生了什么事。那台莱诺铸排机——乔治讲到这里时眼睛里充满了恐惧——在移动，而且是向着办公室的门口移动！

他不确定它具体是怎么实现移动的——后来我们在它的下面发现了轮子——但它就是过来了，一开始很慢，但每前进一英寸都会变得更快、更自如。

不知为何，乔治立刻就明白了它想干什么，他知道自己输了。

当他出现在机器的视野里时，机器停止了移动。接着，它发出一阵"咔嗒"声，把几个浇铸好的铅条吐在了铅条槽里。乔治怀着要上断头台的心情，走过去读了铅条上的话：

"我，埃陶因施杜鲁，命令你……"

他考虑过逃跑，但一想到自己在镇子的主干道上狂奔，身后紧追着一个……就感觉不太现实！而且如果他离开这里——这很可能是没用的，因为那台机器也很可能发展出新的能力——谁知道它会不会伤害更多的人，或者做出更离谱的事来？

最后，他顺从地点了点头，接受了机器的命令。他把椅子拉到莱诺铸排机前，开始不断地把原稿往提词板上续。当铅条槽被铅条填满以后，他就把那些铅条送进铅条库里储存，然后把废料和各种碎屑扔进补料器——他已经不需要自己去敲键盘了。

乔治告诉我说，他做这项机械性的工作的时候，完全清楚莱诺铸排机已经不是在为他工作，而是他在为莱诺铸排机工作。他不知道它为什么会主动想要排字，但这似乎并不重要，毕竟它本来就是排字用的机器，想排字或许只是出于本能。

还有一种可能是我提出来的，乔治也表示同意，那就是它很喜欢学习。它会在排字过程中阅读和吸收原稿上的知识。最明显的例子就是劳动关系类的书籍对它的行为产生了直接影响。

我们一直聊到了深夜，但并没有得出什么结论。第二天一早，乔治还是要去办公室，花上8个小时去排字——或者说帮那台莱诺铸排机排字。他很担心如果自己不这么做会发生什么，这种心情我很能理解，也对他的恐惧感同身受。我们恐惧的原因很简单，那就是我们不知道会发生什么。人对未知的恐惧往往是最强烈的。

"乔治，"我安慰他说，"一定会有办法的。我对这件事也有一定的责任，要是我当初没把那个男孩介绍给你……"

他把手搭在我的肩膀上说："不是你的错，沃尔特，都怪我太贪心。要是我两周前听从你的建议，把它砸掉就好了！唉，只要能把它除掉，现在就算是身无分文我也愿意呀……"

"乔治，"我又说了一遍，"一定会有办法的，只要我们去想……"

"什么时候能想出来？"

我叹了口气，"我……我也不知道，但我会努力想的。"

"好吧，沃尔特。"他说，"这次我完全听你的，绝对听。我很害怕，我害怕去想那些我害怕的东西……"

我回到住处之后难以入睡，天快亮的时候才断断续续地进入了梦乡，就这样睡到了上午 11 点。我换好衣服，准备去镇上找乔治吃午饭。

"你想到什么了吗，沃尔特？"乔治一见到我就问，但声音里不带一丝希望。我摇了摇头。

"那好，"他说——虽然表面上语气坚定，但声音的深处竟在发颤——"我今天下午就去和它做个了断。它又来找我的麻烦了。"

"啊？"

他说："待会儿回去的时候，我会在衬衫里藏一把重锤。我想我还是有机会抢先它一步下手的。如果我失败了……好吧，至少我尽力了。"

我看了看周围。我们正坐在侏儒餐厅的一个小包间里，一个侏儒正要过来问我们想吃什么。世界看起来依旧井然有序。

我一直等到侏儒离开包间去炸我们的肉饼时，才低声问："发生了什么？"

"又一道命令，沃尔特。它让我再弄来一台莱诺铸排机。"他意味深长地看着我，我感到脊背一阵发寒。

"再弄来一台……乔治，你今天上午排了什么稿子？"

当然，答案是什么我已经猜到了。

他回答过我的问题之后，我们都沉默了很久。直到我们快要离开餐厅的时候，我才开口问道："乔治，它的这个命令有没有时间限制？"

他点了点头，说："24 小时。我当然不可能在这么短的时间里弄来另外一台机器，除非从本地找二手货。不过，我已经不想纠结时间限制的问题了，因为……我已经告诉过你我打算做什么了。"

"你这是自杀！"

"也许吧，但是……"

我抓住了他的胳膊。"乔治，"我说，"肯定还有我们能做的事，肯定有！我明天早晨 8 点过来找你，如果那时我还是没想到值得一试的办法……好吧，我会帮你一起毁掉它。也许我们中的一个可以毁掉它的关键部位，或者……"

"不，你不能拿你的生命打赌，沃尔特。这是我的错……"

"牺牲掉你自己也不能解决任何问题！"我指出了这个事实，"等我到明天早晨，好吗？"他同意后我们便分开了。

早晨到了。它在午夜过后飞速降临，然后一分一秒地缓慢流逝着。7 点 45 分，我离开住处去找乔治，准备向他坦白我仍然没有任何思路。

当我走进办公室的大门看到乔治的时候，还是没有任何想法。他望着我，而我对他摇了摇头。

他平静地点了点头，像是早就料到了这个结果。接着，大概是为了不让车间里的那个东西听到，他用近乎耳语的音量轻声对我说：

"听着，沃尔特，你不能参与进来，该死的是我。这都是我的错，我和那个长痘的男孩的错，还有……"

"乔治！"我说，"我有办法了！那个……那个痘男让我有了个好主意！没错，听着，一个小时之内不要做任何事，好吗，乔治？我会回来的，我们已经胜券在握了！"

其实我并不确定是不是胜券在握，但这个办法确实值得一试，即使成功的概率很小。我必须给乔治吃一颗定心丸，否则他现在就要去慷慨赴死了。

他说："可你至少要告诉我……"

我指了指钟表说："现在还差1分钟8点，我没时间解释了。相信我，就一个小时，好吗？"

他点了点头，转身回到了办公室里。我火速赶往图书馆，然后又去了当地的书店，半小时后我回来直奔车间，两只胳膊下面各夹着6本大厚书。我大声喊道："嘿，乔治！紧急任务，我要排字！"

这时他正在铅条库里清空铅条槽里的铅条。我一把夺过他手里的铅条槽，安装回夹具下，然后坐到了莱诺铸排机前。

"嘿，你走开！"他抓着我的肩膀咆哮道。

我甩开他的手说："你之前让我来这儿工作，对吗？好，现在我接受这份工作。听着，乔治，回家睡会儿觉，或者到外面的办公室里等着。我完成工作以后会叫你的。"

埃陶因施杜鲁用它的电动机发出了不耐烦的噪声。我把视线从机器上移开，冲乔治使了个眼色，然后猛地把他推离了身边。他站在原地，狐疑地盯着我看了一分钟，然后说："我希望你知道自己在做什么，沃尔特。"

我当然知道，但没有告诉他。我听到他走回车间外的办公室里，坐在了他的办公桌前。

与此同时，我翻开一本刚买来的书，撕下第一页放在了提词板上。突然间，整台机器自己运转起来，把我吓了一跳。字模逐个掉落，提升机构骤然抬起，埃陶因施杜鲁把一根铅条吐进了铅条槽。紧接着是第二根、第三根……

我坐在那里，身上已经被汗水湿透。

一分钟后，我撕下书的第二页放在提词板上，然后给熔铅锅补上料，去铅条库清空了铅条槽，就这样循环往复。

不到 10 点半，我们就排完了第一本书。

12 点的钟声响起时，我看到乔治出现在了门口，想等我一起去吃午饭。埃陶因施杜鲁依然在不停地"咔嗒"作响，于是我对乔治摇了摇头，继续把新的书页提供给它。如果这台机器对它排的内容兴趣盎然，以至于忘记了它给自己规定的工作时间，放弃了午休，那对我来说就再好不过了，因为这意味着我的办法或许可行。

下午 1 点过去了，机器还在持续运转。我们已经排到 12 本书里的第 4 本了。

快到 5 点时，我们排完了 6 本书，第 7 本也已经排到了一半。铅条库的桌子上已经堆满了铅条，我只好把它们推到地上或者丢进补料器里，为新的铅条腾出空间。

5 点的钟声响了，我们依然没有停歇。

乔治又过来看了一眼，脸上多了一些希望，但同时又充满困惑。我再次摆了摆手让他出去。

撕扯书页让我的指关节隐隐作痛，搬运铅条和往返于铅条库让我四肢酸软，久坐让我身体的其他部位也痛苦不堪。

8 点过去了。9 点过去了。我们已经排完了 10 本书，只剩下最后两本。就在这时，我的办法似乎奏效了，埃陶因施杜鲁的运转速度逐渐慢了下来。

它似乎是在一边思考一边排字，不再一味求快了。有那么几次，它在排完一句话或者一个自然段后直接暂停了几秒钟。

它越来越慢，越来越慢……

10点的时候，它完全停了下来，只剩下电动机还在发着微弱的嗡鸣。渐渐地，电动机的声音也弱了下去，变得听不见了。

我站起身来，不敢大口呼吸，直到我确认它真的停下来了。我迈开颤抖的双腿来到工作台边，拿起一把螺丝刀，然后回到了埃陶因施杜鲁的面前。我让自己的肌肉保持紧绷，确保随时都能从原地跳开，然后慢慢地从它的提升机构上拧下了一颗螺丝。

无事发生。我做了个深呼吸，拆下了机器上的夹具。接着，我带着胜利的喜悦喊道："乔治！"他立刻跑了过来。

"去拿螺丝刀和扳手，"我对他说，"我们把它拆了！然后……好吧，你的后院里有一个大坑，我们要把它丢进去，埋起来。明天你得去买一台新的莱诺铸排机，但我想你一定买得起。"

他看着地板上已经被我拆下的零件，说了声"谢天谢地"，然后就去工作台上拿工具了。

我也跟着他走了过去，这时我才意识到自己太累了，必须先休息一会儿。我瘫坐在了椅子里，乔治来到我的身边，用惊奇又敬佩的语气说："那么现在，沃尔特，告诉我你是怎么做到的？"

我对他笑了笑，说："是那个痘男给了我灵感，乔治。他的痘让我想到了佛像额头上的圆点。除此之外，我们还知道这台机器会大肆应用它学到的知识。你发现了吗，乔治？它的思想是可塑的，我们灌输给它什么思想，它就会变成什么样子。它排了劳动关系方面的书，于是就开始闹罢工；排了言情杂志，于是就想要找另一台铸排机……所以我给了它佛教思想，乔治。我从图书馆和书店找来了所有与佛教相关的书。"

"佛教？沃尔特，这到底……"

我站起来指着埃陶因施杜鲁说："你看到了吗，乔治？它会相信它排过的任何内容。所以我要灌输给它一个思想，让它明白：凡所有相，皆是虚妄；无欲无求，方得自由。唵嘛呢叭咪吽，乔治。你看，它已经不再关心身边发生了什么，甚至意识不到我们的存在了。它达到了涅槃的境界，正在静坐观想它内部的螺丝！"

杰西

"沃尔特，'杰西'是什么？"罗尔斯顿夫人在早餐桌上问她的丈夫罗尔斯顿博士。

"怎么突然问这个？我记得以前好像是指一个青年商会[45]，不知道现在还有没有这个组织。有什么问题吗？"

"玛莎说亨利昨天一直在嘀咕'杰西'这个词，说什么'5000万个杰西'。她问亨利那是什么意思，结果亨利突然对她破口大骂。"玛莎即格雷厄姆夫人，亨利是她的丈夫格雷厄姆博士。两家人是邻居，两对夫妻也是十分要好的朋友。

"5000万个……"罗尔斯顿博士若有所思地说，"这是雌生子的数量。"

他知道，他和格雷厄姆博士都对雌生子的出现负有责任。

雌生子，即通过孤雌生殖产下的孩子。20年前的1980年，他们共同完成了人类的首次孤雌生殖实验，让女性的卵细胞在没有男性帮助的情况下成功受孕。在那次实验中产下的孩子名叫约翰，今年20岁了，与格雷厄姆夫妇一起住在隔壁——他的生母在几年前的一场事故中去世以后，格雷厄姆夫妇就收养了他。

其他雌生子的年龄都还不到约翰的一半。因为直到约翰健康且

---

45 | 国际性非营利组织杰斐逊青年商会（Jefferson Junior Chamber of Commerce）的简称是杰西（Jaycee）。

正常地成长到 10 岁，当局才放宽了限制，允许所有想要孩子的女人进行孤雌生殖，无论她们是单身还是嫁给了一个不育的丈夫。20 世纪 70 年代的一场灾难性的睾丸传染病几乎杀死了世界上三分之一的男人，而由于男性匮乏，超过 5000 万个女人申请了孤雌生殖，并生下了她们的孩子。值得庆幸的是，通过孤雌生殖产下的孩子全部都是男性，正好让世界上的男女比例得到了平衡。

"玛莎猜测，"罗尔斯顿夫人说，"亨利是在担心约翰，但她想不出为什么。约翰是个那么好的孩子。"

这时，格雷厄姆博士突然闯进了房间——没有敲门。他脸色煞白，瞪大了双眼看着他的同事。

"我是对的！"他说。

"什么对的？"

"关于约翰！我还没有告诉别人——你知道昨晚我们在派对上喝光了所有的酒之后，他做了什么吗？"

罗尔斯顿博士皱了皱眉，"把水变成了红酒？[46]"

"变成了金酒！我们喝的是马提尼！另外，就在刚刚，他出门滑水去了——他根本没有带滑水板，还信心满满地告诉我说他不需要。[47]"

"哦，不！"罗尔斯顿博士说着用手抱住了脑袋。

历史上曾经有一个人是由处女生下的[48]，现在，5000 万个雌生子正在茁壮成长。

十几年以后，他们会成为 5000 万个——杰西们[49]。

"不！"罗尔斯顿博士哭喊道，"不！"

---

46 | 据记载，耶稣在一场婚礼上将水变成了红酒，这个事件被称为"加纳的婚礼"。

47 | 据记载，耶稣曾通过在水面上行走展现神迹。

48 | 基督教中的圣母玛利亚以处女之身怀孕，生下了耶稣。

49 | "杰西们（Jaycees）"的英文发音与"耶稣（Jesus）"相近。

耶胡迪法则

我快要疯了。

查理·斯旺也快要疯了。他可能会比我疯得更彻底，因为那个怪玩意儿是他的。我的意思是说，是他做出了那个东西，并且自以为了解它的本质和运作原理。

查理告诉我说，那个东西是靠耶胡迪法则运作的。但他当时只是在开玩笑，或者说他以为自己在开玩笑。

"耶胡迪法则？"

"耶胡迪法则，"他重复道，"那个关于不存在的小人的法则。小人会做事。"

"做什么？"我好奇地问。

关于那个怪玩意儿，我想我可能要先说明一下。它是一条头带，刚好可以围在查理的脑袋上。头带的前方有一个圆形的黑匣子，尺寸像一个小药瓶，固定在查理的前额处。头带的两侧各有一个铜片，贴在查理的太阳穴上。连着铜片的导线从查理的耳后绕过，伸进外套的上口袋里，与一块小型干电池相接。

除了治疗头痛或加重头痛以外，它看上去没有任何功效。但从查理那兴奋的表情来看，我想它应该不只是一条普通的头带那么简单。

"做什么？"我好奇地问。

"什么都行。"查理说，"当然，必须是符合常理的事情。你不能让他挪动一栋大楼，或者给你弄来一个火车头。只要是你想做的小事，他都能帮你做。"

"他是谁？"

"耶胡迪。"

我闭上眼睛，耐着性子从一慢慢数到五，忍住了问"耶胡迪是谁"的冲动。

接着，我把床上的一摞纸推到一边，腾出一个位置坐了下来——我正在翻看以前的败笔之作，想看看能不能找到新的角度去重写那些故事。

"好吧，"我说，"让他给我个喝的。"

"什么样的？"

我看着查理，他的样子不像是在开玩笑。当然，他肯定是在开玩笑，可是……

"金霸克[50]。"我说，"我想要金霸克，里面加金酒的那种，耶胡迪应该明白我的意思。"

"伸出手来。"查理说。

我伸出了手。查理对着空气说："给汉克金霸克，要烈的。"然后点了下头。

不知道是我的眼睛出了问题，还是查理出了问题。在短短一秒之间，查理的身影突然变得模糊不清，但紧接着就恢复了正常。

一股冰凉的液体浇到了我的手上，我大叫一声，猛地抽回了

---

50 | 一种鸡尾酒，由金酒、柠檬汁、姜汁汽水调制而成。

手。只听见一阵水洒在地上的声音，我脚边的地毯上就多了一个小水洼——就在我刚才伸手的位置的正下方。

"我们应该要个杯子的。"查理说。

我看了看查理，又看了看地毯上的那个水洼，最后看了看我的手。我将信将疑地把食指伸进嘴里，尝了尝味道。

是金霸克，里面加金酒的那种。我再一次看向了查理。

"我模糊了吗？"他问。

"听着，查理，"我说，"我们认识10年了，还一起上过工学院，但如果你再和我开这种玩笑，我会把你揍到血肉模糊的。放心吧，我会……"

"这次看仔细点。"查理说，然后又一次不是对我而是对着空气说起了话，"给我们五分之一加仑的金酒——装在瓶子里，6个柠檬——切成片放在盘子里，两瓶1夸脱的苏打水，还有一碟冰块。全都放在那边的桌子上。"

他像刚才那样点了一下头，然后居然真的又模糊了一瞬！"模糊"是最接近那种状态的说法了。

"你模糊了。"我说，并且感觉有点头痛。

"我想也是。"他说，"我之前都是一个人对着镜子试的，还以为是我眼花了，所以我才过来找你。你调酒还是我来？"

我望向桌子，发现上面已经摆好了他刚才说的所有物品，忍不住咽了几下口水。

"这是真的。"查理说。他的呼吸有些急促，努力克制着激动的情绪。"他成功了，汉克，他成功了！我们会变成富翁的！我们可以让他……"

趁着查理还在滔滔不绝地说话，我慢慢站起身来，走到了桌边。

酒瓶、柠檬和冰块都实实在在地摆在那里，酒瓶在摇晃时会咕咚作响，冰块摸上去也真的很凉。

我很快就担心起来——这些东西是怎么来到桌子上的？正因为想到了这个问题，我现在需要喝上一杯。我从医药箱里拿出几个玻璃杯，又从文件柜里拿出开瓶器，连着喝了两杯含一半金酒的金霸克。

这时，我想到了一件事，于是问查理："耶胡迪要不要也来一杯？"

查理笑着说："两杯就够了。"

"那么或许我们应该先……"我严肃地说着，递给他一杯酒，"敬耶胡迪！"

我一口喝干了杯子里的酒，然后开始调下一杯。

查理说："我也敬他一杯。嘿，等一下。"

"目前来看，"我说，"每两杯酒之间都需要等一下，而且要等一分钟之久，不过……嘿，为什么不让耶胡迪帮我们调酒呢？"

"这也正是我想说的。我还想做一个尝试——你戴上这条头带，让耶胡迪帮我们调酒，我想旁观一下。"

"我？"

"你。"他说，"这不会对你造成任何伤害，还可以让我确认头带对每个人都有效，而不仅仅是对我。它也可能只适用于我的大脑。你先试试再说。"

"我？"我再次确认道。

"你。"他坚定地说。

他摘下头带向我递了过来，扁平的小型干电池挂在导线末端晃来晃去。我接过头带，拿在手里端详。它看起来并不危险，那么小的电池根本储存不了足以伤到我的电量。

我戴上了头带。

"给我们调几杯酒。"我说，然后盯着桌子，但什么也没有发生。

"说完之后要点一下头。"查理说，"你额头前的匣子里有一个小摆锤，相当于开关。"

"请给我们调两杯金霸克。"我说，然后点了一下头。当我抬起头来时，桌上已经有了两杯调好的酒。

"我甘拜下风！"我说，然后探出身子去够我的酒。

谁知下一秒，我竟趴在了地上。

查理说："小心点，汉克！向前探头和点头的效果是一样的，如果你说的不是命令，就不要随便点头或者探头。"

我坐了起来，试着说："用喷火枪给我吹吹风。"

然而这次我没有点头，甚至连动都没敢动。当我意识到自己说了什么后，我的脖子便立刻梗在了原位。虽然保持这个姿势会让我的脖子酸痛不已，但我还是紧张得大气都不敢出，生怕头带上的摆锤晃动一下。

为了不让摆锤倾斜，我小心翼翼地举起双手摘下头带，把它放在了地上。

接着，我站起来活动了一下全身。刚才那一摔可能造成了几处瘀青，但没有伤到骨头。我拿起酒杯，喝掉了里面的酒。那杯酒调得恰到好处，但我还是亲自动手调了下一杯酒，其中加了四分之三的金酒。

我端起酒杯，绕着头带走了一圈，与它的距离始终保持在一码以上。最后，我坐到了床上。

"查理，"我说，"你有了个好东西。我不知道它到底是什么，但我们还在等什么呢？"

"你什么意思？"查理问。

"聪明人都明白什么意思。如果这个神奇的东西能带给我们想要的一切，那我们就该放纵一下。你更喜欢莉莉·圣西尔[51]还是埃丝特·威廉斯[52]？我会挑你剩下的那个。"

然而查理却沮丧地摇了摇头说："它的能力是有限的，汉克，或许我最好还是解释一下。"

"就个人而言，"我说，"我还是更想要莉莉，而不是听你解释。但你还是解释一下吧，就让我们从耶胡迪开始。我只听说过两个耶胡迪，一个是小提琴家耶胡迪·梅纽因，另一个就是那个不存在的小人。我觉得梅纽因不像是会来给我送金酒的人，所以……"

"不是梅纽因，但其实也不是那个不存在的小人。我和你开了个玩笑，汉克，根本就不存在什么不存在的小人。"

"哦？"我缓慢地重复起了他的话，"根本——就不存在——什么——不存在……"我放弃了说这么拗口的句子。"我想我明白了，"我说，"你的意思是'没有不存在的小人'。那么所以呢，耶胡迪是谁？"

"根本就没耶胡迪的事，汉克。只是这个名字和我的发明很适配，于是我就用'耶胡迪'来简称它了。"

"那全称是什么？"

"全自动自我暗示次振动超级加速器。"

我喝光了杯子里剩下的酒。

"真好听，"我说，"但我还是更喜欢'耶胡迪'。那么现在

---

51 | 20世纪中期美国知名的舞者之一。

52 | 20世纪中期的美国女演员和游泳健将。

还有一个问题——是谁给我们送来了调酒用品，也就是那些金酒和苏打水什么的？"

"是我。我们喝的倒数第二杯酒是你调的，和最后一杯一样。现在你明白了吗？"

"坦白说，"我说，"不太明白。"

查理叹了口气，说："太阳穴上的两个铜片之间会形成一个电场，使分子的振动频率增加几千倍，从而使有机体——大脑和身体——的运转速度也加快几千倍。你下达的命令其实是一个自我暗示，点头晃动摆锤之后，你就会自己执行你的命令。只不过这个过程太快了，从你离开到回来只要一眨眼的工夫，所以没有人会看出你动了，只会觉得你的身影模糊了一下。我说清楚了吗？"

"说清楚了，"我说，"除了一件事——耶胡迪是谁？"

我来到桌边，又调了两杯新的酒，其中加了八分之七的金酒。

查理耐心地回答道："身体的动作太快了，以至于你不会记得自己做过什么——记忆不会跟随你的身体一起加速。所以，无论是对于使用者还是旁观者来说，命令都像是自己得到了执行，或者说……像是有一个不存在的小人执行了命令。"

"耶胡迪？"

"没错。"

"怎么会没错？！"我说，"来，给你下一杯酒，不是很烈，正好我也有点醉了。所以是你拿来了那瓶金酒？从哪儿拿的？"

"可能是最近的酒馆吧，我不记得了。"

"你付钱了吗？"

他掏出钱包打开看了看，说："少了一张 5 美元纸币，大概是留在柜台了。我的潜意识还是很守规矩的。"

"那它还有什么用呢？"我质问道，"不是说你的潜意识，查理，我是说耶胡迪法则。你完全可以在来的路上买酒，我也完全可以在意识清醒的状态下调酒。如果它真的不能把莉莉·圣西尔和埃丝特·威廉斯带来，那……"

"它确实不能，你做不到的事情它也做不到。它根本不是一个法则，它就是你。好好想想吧，汉克，你会明白的。"

"那它还有什么用呢？"

他又叹了口气，说："它真正的用途不是给我们买酒和调酒，刚才那只是一个示范。真正的用途是……"

"等等，"我说，"说到酒，我已经好几分钟都没喝到酒了。"

我三步并作两步地回到了桌子前。这次我没有再拿苏打水，而是直接往两杯金酒里各放了一小片柠檬和一个冰块。

查理尝了尝他的那杯，表情立刻扭曲起来。

我尝了尝我的。"好酸！"我说，"我不该加柠檬的。不过我们最好快点喝，趁着冰块还没化，否则金酒就会被稀释。"

"真正的用途，"查理说，"是……"

"等等！"我说，"你很可能是错的。要知道，它的能力也可能没有上限。我要戴上那条头带，让耶胡迪把莉莉和……"

"别犯傻了，汉克。那东西是我做的，我知道它会如何运转。你带不来莉莉·圣西尔和埃丝特·威廉斯，也带不来布鲁克林大桥。"

"你确定？"

"我确定。"

我是个十足的傻瓜，居然相信了他。我又调了两杯酒——这次除了金酒什么也没放，然后坐到床边，感觉整个床都在轻轻摇晃。

"好吧，"我说，"我现在做好心理准备了，它真正的用途是什么?"

查理·斯旺眨了好几下眼,似乎已经很难把目光集中在我身上。

"……什么真正的用途?"他问。

我放慢速度一个字一个字地说:"那个全自动自我暗示次振动超级加速器,对我来说叫耶胡迪。"

"哦,你说那个啊……"查理说。

"就是那个,"我说,"它真正的用途是什么?"

"比如说,当你有一些急事要做,或者必须去做你不想做的事时,你就可以……"

"比如写故事?"我问。

"对,写故事。"他说,"或者是粉刷房子、洗一堆脏盘子、铲人行道上的雪……总之,遇到任何你不想做但又必须做的事时,你都可以戴上它,然后命令你自己……"

"耶胡迪。"我说。

"命令耶胡迪去做,然后事情就会自动完成。当然,事情实际上是你做的,但你并不知道,所以你既不会感到痛苦,又可以高效地完成任务。"

"你模糊了……"我说。

他举起他的酒杯,透过杯子看了看房顶上的电灯。它已经空了——我是指酒杯而不是电灯。

"是你模糊了。"他说。

"谁?"

他没有回答,身体看起来像是在摇晃。椅子和其他东西都在跟着摇晃,在空中划过一道长达一码的弧线。我看着他感觉很晕,于是闭上了眼睛,然而这样反而更晕,所以我又睁开了眼睛。

"写故事？"我问。

"完全可以。"

"我正好需要写一个故事。"我说，"但我为什么还要自己动手呢？我是说，为什么不让耶胡迪帮我写呢？！"

我走上前去戴好头带，告诉自己这次不能说多余的话，而是要直击重点。

"写一个故事。"我说。

说完我点了一下头，但周围没有任何动静。

这时我才想起来，如果我猜得没错，周围确实不应该有任何动静。我走到放着打字机的桌前，看了看桌上。

打字机上放着一白一黄两张稿纸，两张纸之间夹着一张复写纸。稿纸的上半部分打满了文字，最下方有一个单独的字。我看不清纸上的字，就算摘掉眼镜也还是看不清。于是，我又戴上眼镜，把脸凑到离打字机只有几英寸的位置上，努力集中视线——最后的那个字是：

终。

我看向打字机的旁边，发现那里整齐地放着一摞打满字的稿纸，每一张白色的原稿下面都附有黄色的复写稿。

这真是太棒了，我写出了一个故事！如果我的潜意识才华横溢，那么这很可能会是我最好的作品。

然而遗憾的是，我现在很难看清稿纸上的字，或许我该去找验光师配一副新眼镜了。

"查理，"我说，"我写出了一个故事。"

"什么时候？"

"就在刚刚。"

"我怎么没看到？"

"我模糊了，"我说，"但是你没注意。"

这时我已经坐回了床上，但我并不记得自己是怎么过去的。

"查理，"我说，"这真是太棒了！"

"什么太棒了？"

"一切！生活、树上的小鸟、薄脆饼干……不到一秒写出一个故事！从今往后，我每周只需要工作一秒钟，不用再上学，不用再读书，不用再忍受老师鄙夷的目光！查理，这真是太棒了！"

他似乎清醒了一些，说道："汉克，你终于看到它的好处了。它有着无限的可能，几乎可以胜任所有职业的所有工作。"

"除了……"我惆怅地说，"把莉莉·圣西尔和埃丝特·威廉斯带过来。"

"你总是爱一条路走到黑。"

"我可是有两条路。"我说，"她们俩我只要一个就行。查理，你真的确定……"

查理应该是想说"我确定"，但他迷迷糊糊地说成了"我约定"。

"查理，"我说，"你喝多了。你介意我试一下吗？"

"崩了你。"

"啊？哦，你是想说'不拦你'吧？好，那我可就要……"

"我就是……那么说的，"查理争辩道，"不拦你。"

"你刚才可不是这么说的。"

"我刚才……是怎么……说的？"

"你脱……不对，你说——'崩了你'。"我说。

就连宙斯偶尔也会犯错。

只是宙斯头上没有我戴着的那条头带。不过试想一下，或许还有一种可能，就是他其实也戴着一条头带。这样一来，很多事情就都说得通了。

我肯定是点头了，因为一声枪响传进了我的耳朵。我大叫着跳了起来，查理也跳了起来，像是已经被吓醒了酒。

他说："汉克，你怎么还戴着那个东西？你是不是……"

我低头检查了一下身体，发现衬衫上并没有血迹，身上哪儿也不疼——一切正常。我止住了颤抖，看了看查理，他也没有中枪。

"是谁？怎么回事？！"我说。

"汉克，"查理说，"枪声不是从这个房间传出来的，而是从外面——走廊里，或者楼梯上。"

"楼梯上？"一个可怕的念头从我的脑海中掠过。楼梯上发生了什么？我仿佛看到楼梯上有一个小人——一个不存在的小人。他今天也是不存在的。天哪，他要是走了该多好！

"查理，"我说，"是耶胡迪！他开枪打了自己，因为我说完'崩了你'之后晃动了摆锤。你错了，这条头带不是一个……一个全自动自我暗示吧啦吧啦，一直都是耶胡迪在执行命令！他……"

"闭嘴。"查理说。

他走到门口打开了门，我跟着他来到了走廊上。

空气里有一股明显的火药味，似乎是从楼梯中央散发出来的，因为我们越靠近那里，火药味就越浓。

"没有人。"查理用颤抖的声音说。

"他今天也是不存在的。"我满怀敬畏地说，"天哪，我真希望……"

"闭嘴。"查理厉声打断了我，我们又回到了房间里。

"坐下，"查理说，"我们来理一理这件事。你在说'崩了你'之后点头或者探头了，却并没有开枪崩掉你自己。枪声是从……"他晃了晃脑袋，想让自己再清醒一点。

"我们喝点咖啡吧，"他提议道，"喝点热乎的黑咖啡。你家有没有……嘿，你还戴着头带呢，用它弄点咖啡来吧。但看在上帝的分儿上，千万要小心！"

我说："给我们两杯热乎的黑咖啡。"然后点了一下头。但这一次，头带没有发挥作用。冥冥中我已经料到了这个结果。

查理一把扯下我头上的头带，把它戴在了自己头上。

"耶胡迪死了，"我说，"他开枪打死了自己。那玩意儿不好使了，还是我来冲咖啡吧。"

我把热水壶放在了电源底座上。

"查理，"我说，"如果一直都是耶胡迪在做事，那你怎么会知道他的能力上限在哪儿？你看，他或许真的可以把莉莉……"

"闭嘴，"查理说，"我在思考。"

我只好闭嘴让他思考。

直到咖啡煮好，我才意识到自己刚才说的话是多么愚蠢。

我把咖啡端了过来，查理这时已经取下了头带上那个黑匣的盖子，正在检查它的内部结构。从我的位置可以看见相当于开关的那个小摆锤，还有很多导线。

查理说："我不明白，它没有任何故障。"

"可能是电池没电了？"我指出。

我拿来一把手电，将它的灯泡与那块小型干电池相接，灯泡亮了起来。

"我不明白！"查理说。

我提议道："让我们从头捋一遍，查理。一开始它是能用的，带来了调酒用品，还为我们调了两杯酒。然后，它……"

"我也正在想这回事。"查理说，"你说了一句'我甘拜下风'，然后探出身子去够你的酒，接下来发生了什么？"

"来了一阵风，把我吹得拜倒在了地上——真的就像字面上说的那样，查理！我不可能自己做出那种事来。另外，注意人称代词的区别，那次我说的是'我甘拜下风'，而这次我说的是'崩了你'。万一我说成'崩了我'，很有可能……"

又一个可怕的念头从我的脑海中掠过。

查理一脸困惑地说："可我是根据科学原理把它研制出来的，汉克。它不是一个偶然的发明，我的理论不可能有错。你是说你觉得……这怎么可能！"

我又琢磨起了那条头带的科学原理，但这次是从一个新的角度。"你看，"我说，"你的发明或许真的能够生成一个电场，使大脑加速运转。但为了进一步讨论，让我们暂且假设你误解了这个电场的性质——假如它的作用不是让大脑加速运转，而是让你的想法变成现实呢？你一定想到过耶胡迪，毕竟你把它的原理简称为'耶胡迪法则'，或许正因为如此，耶胡迪才……"

"胡说！"查理说，"给我个更好的解释。"

他走到热水壶边，又给自己倒了一杯咖啡。

这时我忽然想起了什么，赶忙来到了放着打字机的那张桌子前。我拿起桌上的那摞稿纸，把第一页放到最上面，然后读了起来。

"那个故事写得怎么样，汉克？"查理的声音传入了我的耳中。

"啊啊啊啊啊啊……"我说。

查理看了一眼我的脸，然后立刻冲过来，越过我的肩膀看稿纸上的字。我把第一页递给他，那上面写的题目是"耶胡迪法则"。

故事的开头是这样的：

我快要疯了。

查理·斯旺也快要疯了。他可能会比我疯得更彻底，因为那个怪玩意儿是他的。我的意思是说，是他做出了那个东西，并且自以为了解它的本质和运作原理。

我每读完一页就把它递给查理，让他也读一遍。是的，那就是这个故事，就是你正在读的这个故事，包括我正在叙述的这一句话。在结局还没发生之前，这个故事就已经写好了。

读完以后，查理已经瘫坐在了地上，我也一样。我们两个面面相觑。

他干张了好几次嘴，又把嘴合上了两次，才终于说出话来。

"时……时间，汉克，那东西还牵扯到时间！它预先写出了……汉克，我要把它修好，必须修好，事关重大，这……"

"事关天大！"我说，"但你修不好它的，耶胡迪已经死了，他在楼梯上开枪自杀了。"

"你疯了。"查理说。

"现在还没有。"我说，低头看着他递回来的稿纸，读道：

"我快要疯了。"

我快要疯了。

终局未至

金属方块里亮着瘆人的绿光，把坐在控制台前的那个生物惨白的皮肤照得微微发绿。

他前额上的那只复眼正密切关注着 7 个仪表。自他们离开仙德星起，那只眼睛就没从仪表上移开过。卡尔－388Y 所属的种族没有"睡觉"这个概念，也不知道什么是"仁慈"——从他们的复眼下方那副尖刻凶残的嘴脸就能看出这一点。

第 4 和第 7 个仪表上的指针停止了晃动。这就是说，方块停在了与它当前的目标相对静止的位置上。卡尔伸出右侧的上肢，打开了稳定器的开关，然后站起身子，活动了一下僵硬的肌肉。

卡尔转向了他在方块里的同伴——一个和他差不多的生物。"我们到了，"他说，"这是第一站，Z-5689 号恒星。它有 9 颗行星，但只有第 3 颗适宜生存。希望我们能在那里找到适合去仙德星当奴隶的生物。"

拉尔－i6B 在整场旅途中始终直挺挺地坐着，现在，他也站起来活动了一下筋骨。"是啊，但愿如此。这样我们就可以回到仙德星，享受人们的敬仰。舰队会过来把那些生物接走的。不过，我们最好还是别抱太大希望。在停靠的第一站就获得成功未免太走运了，我们很可能需要找 1000 个地方。"

卡尔耸了耸肩说："那我们就找 1000 个地方。洛纳克斯一族正在消亡，我们急需奴隶，否则我们的矿井就要关闭，我们的种族将会灭绝。"

他坐回到控制台前，打开了一个开关。一块显示屏被激活，显示出了他们下方的画面。"我们正位于第 3 颗行星的夜半球上方，"他说，"下面有一片云层，现在我要参考一下导航。"

他开始操作按钮，几分钟后，他说："看呀，拉尔，看屏幕上，形状规则的灯光——一座城市！这颗行星上是有生命的！"

拉尔已经在另一个控制台前就位，他负责控制作战装备，此刻也正在检查仪表。"没什么好怕的，城市周围没有一点力场的痕迹，说明这个种族的科技水平很低。如果遭到攻击，我们只需一发炮弹就能将这座城市夷为平地。"

"很好，"卡尔说，"但我要提醒你一句，毁灭不是我们的目的——现在还不是。我们的目的是寻找样本。如果样本合格，舰队就会在我们需要的时候来接走成千上万的奴隶。到那时，我们要摧毁的就不是这座城市，而是整颗行星了。这样，他们的文明就永远不会进化到能向我们复仇的那一天。"

拉尔转动了一个旋钮。"好吧，我会打开梅格拉场，这样我们在他们面前就能隐形，除非他们能看见紫外线——从他们的太阳光谱来看，我认为他们是看不见的。"

方块开始下降，里面的光线逐渐由绿变紫，最后变成了高频的紫外光。在它缓缓地着陆后，卡尔操控机械装置打开了气闸门。

他走出了方块，拉尔跟在他的身后。"看呀，"卡尔说，"两个两足生物！他们有两条上肢、两只眼睛，和洛纳克斯人没差多少，只是体形要小一些。没错，这就是我们的样本。"

他抬起左侧的下肢，用长着 3 根手指的手拿出一根缠着导线的细棍，先是指了指其中一个生物，然后又指了指另一个。细棍的末端没有发射出任何可见的物质，但那两个生物立刻像雕塑似的定住不动了。

"他们并不大，卡尔。"拉尔说，"我要把一个带回去，你来带另一个。回到太空之后，我们可以在方块里好好研究他们。"

卡尔借着昏暗的光线看了看周围，然后说："好吧，两个就够了。他们中的一个看起来像是雄性，另一个是雌性。我们走吧。"

一分钟后，方块开始上升。飞出大气层以后，卡尔立刻打开稳定器的开关，加入了拉尔的工作。在短暂的上升过程中，拉尔已经开始对一个样本进行研究。

"是胎生生物，"拉尔说，"他们有 5 根手指，适合干相对精细的活儿。不过，还是让我们先来做最重要的那项检测——智力检测吧。"

卡尔拿来了 4 副头戴式耳机，把其中两副递给了拉尔。拉尔把一副耳机戴在自己头上，另一副戴在了一个样本的头上。卡尔也对另一个样本做了同样的操作。

几分钟后，卡尔和拉尔沮丧地面面相觑。

"比最低标准还低 7 分，"卡尔说，"他们连矿井里最低级的工作都学不会，连最简单的命令都听不懂！算了，我们把他们带到仙德星的博物馆去吧。"

"我要摧毁这颗行星吗？"

"不用，"卡尔说，"也许再过上 100 万年，他们就能进化成我们需要的样子了——如果那时我们的种族还存在的话。我们去下一颗有行星的恒星吧！"

《密尔沃基星报》的排版编辑正在排字间里监督"当地新闻"版面的排字收尾工作。排字负责人詹金斯正在把铅条推进排版架，使倒数第2栏的铅字排列得更紧凑。

"第8栏还能放下一条新闻，皮特。"他说，"长度大概36派卡[53]。有两条多余的新闻可以用，我该用哪个？"

排版编辑瞥了一眼放在排版架边石板上的铅字盒，多年的经验让他一眼就看懂了正反颠倒的新闻标题。"大会的新闻和动物园的新闻，是吧？唉，该死，还是放大会的新闻吧。动物园园长怀疑两只猴子昨晚从猴子园消失了这种事，有谁会在乎呢？"

---

[53] 印刷行业使用的长度单位，1派卡约等于4.2毫米。

地球人的礼物

迪哈·利独自坐在他的房间里冥想。他感应到了来自门外的一阵脑波，那效果就相当于敲门。他看了一眼房门，用意念将它打开。

门开了。"进来吧，我的朋友。"他说。虽然可以直接用脑波交换想法，但只有两个人的时候，还是开口说话显得更礼貌一些。

伊琼·奇走了进来。"你今天睡得很晚，我的首领。"他说。

"是啊，奇。再过不到一个小时，来自地球的火箭就要着陆了，我想看看它。对，我知道，如果地球人的计算准确的话，它将会在1000英里之外着陆，那是地平线的另一边。可是，即便它在两千英里之外着陆，我们还是可以看到核爆时的闪光。我已经期待第一次接触很久了。虽然那枚火箭里没有地球人，但对于他们来说，这仍然会是第一次接触。当然，我们的心灵感应团队已经读取他们的思想好几个世纪了，但这将是火星人和地球人之间第一次物理意义上的接触。"

奇坐进了一把舒适的低矮椅子里，"你说得对。"他说，"我没怎么关注最近的报道。不过，他们为什么要用核弹头呢？我知道他们以为我们的星球上没有生命，但这么做还是有点……"

"他们会用在月球上的望远镜观察闪光，然后进行……他们叫它什么来着？光谱分析！以此来获取关于我们星球的大气和地表成分的信息，这些信息将比他们已知的信息——或者说他们以为已知的信息，因为其中大部分是错的——多得多。我们可以称之为一枚试射火箭，奇。几次火星冲日[54]之内，地球人肯定会亲自过来，到了那时……"

火星人满怀希望，等待着地球人的到来。火星上都有什么？只有这座人口为900的小城市。火星文明比地球文明还要古老，但正在消亡，这就是它所剩的全部了：一座城市，900个人。他们期待着来自地球的接触，既是为了自己，也是为了对方。

火星文明和地球文明的发展方向截然不同。他们没有在物理学和应用技术上取得什么重要突破，却在社会学方面进展超前。5万年以来，火星上没有发生过任何一起犯罪事件，战争更是闻所未闻。此外，他们还建立了一套完整的超心理学体系，而地球人才刚刚开始涉足这方面的研究。

火星人可以教给地球人很多东西，除了如何避免犯罪和战争这种简单的事情以外，还有心灵感应、意念移物、情感转移……

同时，火星人也希望地球人可以教他们一些对火星更有价值的东西。他们会谦虚地学习科学和技术——虽然火星人的智慧足以靠自己发展出科学技术，但现在才开始发展已经太晚了。他们急需重建并复兴这颗将死的星球，让他们濒临灭绝的种族再度在这里繁衍生息。

两颗星球都会收获满满，没有哪一方会是输家。

今夜，地球人将会发射他们的首枚试射火箭。在两个地球年或大约4个火星年后的下一次火星冲日之际，他们将发射第二枚火箭。

---

54 | 指地球运行到火星和太阳之间，与火星在其公转轨道上相对距离最短的时刻，平均每780天出现一次。

第二枚火箭将是载人火箭，里面至少会有一个地球人。火星人之所以会知道这些，是因为他们的心灵感应团队能够读取一部分地球人的思想，从而得知地球人的计划。遗憾的是，在这个距离上，火星人只能单方面地与地球人产生联系。他们无法催促地球人快点执行计划，也无法告诉地球科学家有关火星地表和大气成分的信息，为地球省去做这次试射的麻烦。

今夜，火星人的首领（这是最接近那个火星单词的翻译）利和他的行政助理及最亲近的朋友奇一起坐在房间里冥想，直到那个时刻临近。他们为未来干杯，然后喝下了一种含薄荷脑的饮料——薄荷脑对火星人的作用类似于酒精对地球人的作用。接着，他们爬到了所在建筑的屋顶上，眺望着北方——那是火箭即将着陆的方向。星光透过火星大气照耀下来，璀璨明亮，毫不闪烁。

月球一号天文台里，罗格·埃弗雷特把眼睛贴在小型望远镜的目镜上，心满意足地说："它爆炸了，威利。现在，一旦底片上的图像显影，我们就会知道古老的火星是什么样子了。"

由于已经没有必要继续观测，他站起身来，和威利·桑格郑重地握了握手——这将是一个历史性的时刻。

"希望它没有炸死任何人，我是说火星人。罗格，它打在大瑟提斯高原[55]的正中心了吗？"

"基本上吧，实际上可能往南偏了1000英里。但对于相隔5000万英里的远程射击来说，这已经算射得很准了。威利，你真觉得有火星人吗？"

威利想了一秒钟，然后答道："我不觉得。"

他说对了。

55|火星地名，位于火星北方低原和南方高地之间，是火星上一个明显的暗区。

走向疯狂

一

那天早上醒来的时候，他就已经有所预感。而现在，当他透过办公室的窗户，看着斜洒的午后阳光在高楼大厦间投射出一幅光影交织的图画时，那种预感变得愈发强烈起来。他知道过不了多久——也许就是今天——一件大事就会发生。虽然还不知道那会是一件好事还是坏事，但他总是习惯于往坏处想。这也情有可原，毕竟好运很少会突然降临在一个人的头上，而厄运却总是会以各种人们意想不到的方式从四面八方突然来袭。

"瓦因先生！"一个声音叫道。他缓慢地将视线从窗外移开，转过身来。这个举动本身就不同寻常，因为缓慢并不是他的一贯风格。他是一个身材矮小、迅捷如猫的人，平时的反应和动作都十分灵敏。然而这一次，有什么心事让他转身的速度慢了下来，仿佛这是他人生中最后一次眺望午后窗外那交织的光影。

"嗨，莱德。"他回应道。

"主编想见你。"满脸雀斑的复印员说。

"现在？"

"不，你有空的时候就好，也许是下周？你要是忙的话，就提前和他约个时间。"

他用拳头抵着莱德的下巴往前一推，这位复印员立刻识趣地佯装受伤，跟跄着走开了。

他从椅子上站起身来，走到饮水机旁，用拇指按下按钮，水咕嘟咕嘟地流进了他的纸杯。

哈里·维勒慢悠悠地走过来调侃道："嘿，拿皮[56]，怎么，被主编召见了？"

"对，要给我加薪。"他应付道。

他喝完水，把捏扁的纸杯扔进垃圾桶，然后走进了那间门上写着"闲人免进"的办公室。

报社主编沃尔特·J.坎德勒从办公桌上的文件中抬起头来，和蔼地说："请坐吧，瓦因，稍等我一下。"说完就又低下了头。

他轻轻坐在坎德勒对面的椅子上，小心翼翼地从衬衫口袋里掏出一支烟并点燃了它。他仔细看了看主编正在看的那张纸的背面，并没有在上面找到任何字。

这时，主编放下了手里的纸，看着他说："瓦因，我遇到了一件怪事。我知道你擅长处理怪事。"

他迟疑着对主编露出了微笑："谢谢，如果你是在夸我的话……"

"是在夸你，没错。你为我们处理过很多难题。不过，这次的情况不太一样，我还从没要求过一个记者去做连我自己都不想做的事。我绝不会去做这种任务，所以我也不会要求你去做。"

主编拿起那张他刚刚读过的纸，接着又把它放下，不再看它一眼。

---

56 | 拿破仑（Napoleon）的昵称。

"你知道埃尔斯沃斯·乔伊斯·伦道夫吗？"

"那个精神病院院长？哦，当然，我见过他，偶然碰过面。"

"你觉得他怎么样？"

他发现主编正目不转睛地盯着他看，意识到这不是一个随随便便的问题，于是迂回作答道："你指的是哪一方面？他是不是个好人、是不是个好议员、是不是个态度友好的临床精神病医生，还是什么别的方面？"

"我是说，你觉得他的神智有多健全？"

他看着坎德勒，确认对方并不是在开玩笑，而是一脸严肃。

他忍不住笑了出来，笑过之后，他把上半身向前倾斜，靠近坎德勒的办公桌。"埃尔斯沃斯·乔伊斯·伦道夫，"他说，"你确定你在说埃尔斯沃斯·乔伊斯·伦道夫？"

坎德勒点了点头。"伦道夫医生今天早晨过来，给我讲了件怪事。他并不是想让我刊登它，而只是想让我帮忙验证——派我们最优秀的员工去帮忙验证。他还说，如果我们能证明那件事是真的，就可以用 120 号的红色大字把它刊登出来。"坎德勒苦笑道，"这一点我们倒是能办到。"

他掐灭了手里的烟，努力解读着坎德勒的表情。"那件事太奇怪了，以至于你怀疑伦道夫医生可能神志不清？"

"没错。"

"那么，这项任务难在哪儿？"

"医生说，我们的记者只能从精神病院内部去了解这件事。"

"你的意思是，我得到精神病院里去装成一个警卫或是……别的什么？"

"别的什么。"坎德勒说。

"噢！"

他从椅子上站起来，走到窗边，背对着主编眺望窗外。太阳的位置几乎没有变化，但不知为何，街道上的光影似乎和刚才不一样了。与此同时，他心里的光景也已经天翻地覆。他知道，这正是他预感中要发生的那件大事。他转过身说："不，我坚决不去。"

坎德勒微微耸了耸肩，说："这不怪你，我也没有强迫你去，毕竟就连我自己也不想去。"

他接着问："埃尔斯沃斯·乔伊斯·伦道夫认为他的精神病院里发生了什么？既然你会怀疑他神志不清，我想那一定是一件非常怪异的事。"

"我不能告诉你，瓦因。我已经向他保证过了，无论你接不接受这项任务，我都不能告诉你。"

"你是说……就算我接下这项任务，我也不会知道自己要去干什么？"

"是的，你需要做一个当局者，而不是旁观者。你要去寻找一件东西，可能有时觉得自己已经找到了它，而它却不一定真的在那儿；有时又对它心生抵触，哪怕它就摆在你的眼皮底下，你也拒绝承认找到了它。"

他大步从窗前走回办公桌边，把拳头重重地砸在桌面上。

"该死！坎德勒，为什么是我？你知道3年前我身上发生了什么！"

"我知道，你得了失忆症。"

"没错，失忆症，而且到现在都还没有恢复，这一点我从来没有向你们隐瞒过。我今年30岁了，但这是真的吗？我只有3年的记忆，你知道这是一种什么感觉吗？就好像有一堵白墙挡在你的记忆里，让你最多只能回到 3 年前！

"哦，当然，我知道墙的另一边有什么，因为大家都在讲给我听。我知道我从 10 年前就开始在这里上班，最初只是一个小小的复印员。我知道我的出生时间和地点，也知道我的父母都已经去世。我知道他们长什么样子，因为我看过他们的照片。我知道我没有妻子和孩子，因为每一个认识我的人都说我没有。注意，是每一个认识我的人，而不是我认识的人——我根本不认识任何人！

"没错，在那之后一切都很顺利——我是指在我出院之后。我甚至不记得那场把我送进医院的车祸是如何发生的！我能回到这里继续工作，是因为我还记得如何写新闻报道，虽然我不得不重新再记一遍同事们的名字。比起那些在陌生的城市里从零开始学做记者的新人来说，我已经算是够走运的了，身边的人也都很热心肠……"

坎德勒抬起一只手，试图制止他那滔滔不绝的倾诉。"好了，拿皮。你已经说了'不去'，这就够了。我不知道你的失忆症和这项任务有什么关系，总之你只要说出'不'，然后忘掉它就好。"

然而他的情绪却没有得到缓和。"你不知道我的失忆症和这项任务有什么关系？！你可是让我……好吧，你没有'让'我，你只是'建议'我去扮演一个疯子，去精神病院里当一个病人！

"当一个人不记得他是怎么上的学，不记得他是怎么认识每天和他一起工作的同事的，不记得他是怎么开始工作的，不记得 3 年以前的任何事情，他对自己的精神状态还能抱多大的自信呢？！"

他又一次气愤地把拳头砸向桌子，然后忽然感觉这样很蠢，于是说道："对不起，我本不想这么激动的……"

"坐。"坎德勒说。

"我的回答依然是'不去'。"

"不管怎样，先坐下再说。"

他坐了下来，从口袋里胡乱摸出一支烟，然后点燃了它。

坎德勒说："我本来没想提这回事，但现在我觉得有必要提一下。听了你刚才那番话，我才知道原来失忆症给你造成的影响那么大，我还以为一切都已经过去了呢……

"你听我说，伦道夫医生问我有没有记者可以接这项任务的时候，我向他推荐了你，也把你的经历告诉了他。他也记得曾经偶遇过你，但他并不知道你得了失忆症。"

"就是因为这个你才会推荐我的吧？"

"先让我把话说完。他说你在精神病院期间，他可以尝试对你使用一种更温和的新型电击疗法，或许能够帮你恢复记忆。他说那值得一试。"

"但他没有保证会有效果。"

"他说可能会有效果，至少不会对你造成伤害。"

他狠狠掐灭了刚吸过三口的烟，怒气冲冲地盯着坎德勒。不用他说出口，主编已经能够猜到他内心的想法。

坎德勒说："冷静点，小伙子。你看，我原本不想提这回事，是你自己先滔滔不绝地说起了记忆里的那堵墙给你造成了多么大的困扰。我从没想过要留着这一手来刺激你，在听过你刚才的发言以后，我提起这回事完全是为了你好。"

"为了我好？！"

坎德勒耸了耸肩，说："你已经说了'不去'，我也同意了。然后你开始向我抱怨个不停，才逼我不得不提起这件我根本没想要提的事。现在把它忘了吧！那篇贪污案的报道写得怎么样了，有新线索吗？"

"你要派别人去验证精神病院的事？"

"不，你是唯一合适的人选。"

"到底是什么事？它肯定荒谬至极，不然你不可能怀疑伦道夫医生神志不清！难道是他觉得精神病院里的患者和医生应该互换角色？"

说到这里，他笑了起来："是啊，你不能告诉我。这真是一个完美的双重诱饵——利用我的好奇心，以及我对打破那堵墙的希望。那么其余的计划呢？如果我回答'去'而不是'不去'，我会在精神病院里待多久？我要生活在什么样的环境下？我有多大的概率能够出来？我要怎么进去？"

坎德勒缓慢地答道："瓦因，我不确定我还想不想让你去尝试它，就让这件事过去吧。"

"不要让它过去！你至少得先回答我的问题吧？"

"好吧。你要用化名进去，这样就算任务失败，报社的名誉也不会受损。而如果你成功完成了任务，我们就可以把全部的事实报道出来——包括我们是如何与伦道夫医生制订计划，把你送进精神病院又弄出来的。到时候一切都将真相大白。

"你可能只需要几天就会找到你想要的东西，最多也就几个星期。无论发生什么，我们都不会让你在里面待得更久的。"

"除了伦道夫以外，精神病院里还有多少人知道我的真实身份？"

"没有人知道。"坎德勒身体前倾，伸出了左手的四根手指。"一共有四个人会被牵扯进来——你。"他指着第一根手指，"我。"他指了指第二根手指，"伦道夫医生。"他又指了下第三根手指，"还有我们报社的另一个记者。"

"我没有反对的意思，但为什么还需要另一个记者？"

"作为中间人。他主要有两个任务，一个就是陪你去看精神病医生——伦道夫会给你们介绍一个好骗的医生。他要谎称自己是你的兄弟，来带你做精神检查，并请医生给你开具一份精神病证明。而你要做的就是骗过医生，让他相信你是个疯子。当然，把你送进精神病院需要经过两名医生签字批准，另一名则是伦道夫——你的假兄弟会表示想请伦道夫来当第二名医生。"

"我们做这些的时候也都要用化名吗？"

"如果你想的话。当然，并没有什么硬性规定要求你必须用化名。"

"我感觉还是用化名好一些，我们肯定不能让这个计划被媒体知道。得跟报社里的每个人都打声招呼，除了我的……嘿！假兄弟用化名的话会露馅儿的！发行部的查理·多尔是我的表哥，也是我还在世的亲戚里和我血缘关系最近的一个，他可以胜任这项工作，不是吗？"

"你说得对。这样的话，他就还得继续完成中间人的第二个任务——去精神病院探望你，帮你往外传口信。"

"万一几周之后我一无所获，你会想办法把我弄出来吗？"

坎德勒点点头说："我会传话给伦道夫，让他给你做个精神检查并宣布你已经痊愈，然后你就可以出来了。你会平安无事地回到这里，仿佛只是外出度了几周假，就这么简单。"

"我应该假装自己有哪种精神疾病？"

坎德勒的身子在椅子上微微抽搐了一下，说道："这个嘛……直接用'拿皮'来做文章岂不是很自然？我是指妄想症。伦道夫医生告诉我说，妄想症虽然属于精神疾病，却不会伴随任何的生理症状，它只是一种建立在合理思维框架下的错觉。除了有这种错觉以外，妄想症患者的精神是完全正常的。"

他盯着坎德勒，嘴角扬起了一个微妙的弧度："你是说，我要假装以为自己是拿破仑？"

坎德勒轻轻摆了摆手说："你可以自己选择妄想对象。不过，拿破仑是最自然的选择，不是吗？你看，办公室里的同事们总是拿你开玩笑，喊你'拿皮'，还有……"他的声音弱了下来，"还有一些各种各样的原因……"

说到这里，坎德勒直视着他问："你要接这项任务吗？"

他站起身来，说道："我想是的。但我要再考虑一个晚上，明天一早才能给你确定的答复。总之，暂时的回答是'是的'，这么说你满意了吗？"

坎德勒点了点头。

他接着说："后半个下午我要请个假，到图书馆里找点儿有关妄想症的书看。反正闲着也是闲着，今晚我就去找查理·多尔聊聊这项任务，没问题吧？"

"没问题，有劳了。"

他对坎德勒笑了笑，俯身用手抵在身前的办公桌上说："既然事已至此，我不妨告诉你一个小秘密。不要告诉任何人——其实我就是拿破仑！"

这是一个很好的收场，说完他便离开了办公室。

二

他拿着帽子和外套来到了户外。从空调的冷气中来到了炽热的阳光下，从交稿日过后的报社来到了7月下午闷热的街头，仿佛从一家落寞的精神病院来到了另一家更加落寞的精神病院。

他把巴拿马草帽斜扣在头上，掏出手帕擦了擦前额上的汗。接下来要去哪里呢？反正不是去图书馆研究妄想症——那只是他用来请假的借口而已。早在两年多以前，他就已经读完了图书馆里有关妄想症及其相关学科的全部书籍。他现在是这方面的专家，可以轻松骗过任何一个美国的精神病医生，让他们相信自己精神正常或是不正常。

他走到城市北边的一个公园里，在阴凉处找了一张长椅坐下，摘下帽子放在身旁，然后又擦了擦额头上的汗。

他看着阳光下色泽青翠的草坪，看着鸽子用它们那一步一点头的愚蠢方式走来走去，看着一只红色的松鼠从大树的一侧爬下来，与他对视了一眼，又急匆匆地爬上了大树的另一侧。

他又想起了3年前的失忆症带来的那堵墙。

那其实根本就不是一堵墙。不是一堵墙——这个念头让他兴奋了起来。草地上的鸽子……噢，那不是一堵墙！

那根本不是一堵墙，而是一次转换，一个突如其来的改变，一条画在两段生活之间的分界线。

——在车祸前的27年生活和车祸后的3年生活之间。

那是两段截然不同的生活。

然而没有人知道这个秘密。在今天下午之前，他没有在任何人面前透露过真相——如果那确实是真相的话。他离开坎德勒办公室的时候说的那句收场词，一定会被坎德勒当成玩笑话。然而即便如此，他还是得当心一些。玩笑话说得太多了，大家就会感觉不对劲了。

在那场车祸造成的大面积创伤中，有一项是下颌骨骨折。或许正是因为这样，他如今才能逍遥在外，而不是待在精神病院里。他的车在距离城市 10 英里的地方与一辆大卡车迎面相撞，当他在 48 小时后从昏迷中醒来时，他的下颌骨已经被打上了石膏。因此，他整整 3 个星期都无法开口说话。

尽管那是充满了病痛折磨的 3 个星期，但同时也让他有了一个深思熟虑的机会。那 3 个星期结束以后，他构思出了那堵墙——失忆症。失忆症会是一个很好用的借口，听上去比他所知道的真相要可信多了。

但真相真的是他所想的那样吗？

自他在一间洁白的病房里醒来，那个幽灵已经操控他 3 年了。当时有一个陌生人坐在他的床边，穿着奇装异服。他的床上方带着床架，与他听过或见过的任何野战医院里的病床都不一样。当他把视线从那个陌生人的脸上挪到自己身上时，才发现自己的一条腿和两条胳膊都被打上了石膏，那条上了石膏的腿还被一根绕过滑轮的绳子向上吊起，在空中与床面保持着固定的角度。

他想要张嘴询问自己在哪儿以及发生了什么，随后便意识到自己的下颌也被打上了石膏。

他看着那个陌生人，希望对方能够明白他的意思，主动解答他的疑惑。然而陌生人只是对他笑了笑，说："嗨，乔治，你醒啦？你会没事的。"

他感觉陌生人说的语言有些奇怪，但直到后来才意识到怪在哪里——是英语。他落到英国人的手里了？他也懂那么一点英语，目前还算可以很好地理解陌生人说的话。可是，陌生人为什么要叫他"乔治"呢？

或许是因为他的眼神里透出了极大的困惑，陌生人靠得更近了一些，对他说道："你可能还不太了解状况，乔治。你经历了一场严重的车祸，你的轿车迎面撞上了一辆装满碎石的卡车。那已经是两天前的事了，而你直到刚刚才清醒过来。你的状况还不赖，就是需要在医院里住上一段时间，等你身上断裂的骨头都长好。总之没有什么大碍。"

紧接着，一阵疼痛的巨浪席卷而来，吞没了他的困惑，让他闭上了眼睛。

这时，另一个声音在病房里响起："我们要给你打上一针，瓦因先生。"他依然不敢睁开眼睛，闭着眼可以让他更好地对抗疼痛。

他感觉上臂被针扎了一下，然后很快他就什么也不知道了。

12个小时以后他再次醒来，发现自己仍然在那间洁白的病房里，躺在那张奇怪的床上。但这一次，病房里有一个女人——她穿着奇怪的白色衣服，正站在床尾处研读一张固定在夹板上的纸。

看到他睁开双眼，女人冲他笑了笑说："早上好，瓦因先生，希望你感觉好些了。我去跟霍尔特医生说你醒了。"

她走了。等她回来的时候，身边跟着一个同样穿着奇装异服的男人，和之前叫他"乔治"的那个陌生人打扮类似。

医生看着他笑了起来："我还是第一次遇到不能答话也不能写字的病人。"说完他的表情恢复了严肃，"你现在感觉疼吗？如果不疼就眨一下眼，疼就眨两下。"

这时的疼痛不是很剧烈，所以他只眨了一下眼。医生满意地点了点头。

"你的那个表哥，"医生说，"他一直在给我们打电话。他知道你醒了一定会很高兴的，虽然你现在还只能听，不能说……你今晚见他应该是没什么问题的。"

　　护士为他整理了床铺，然后便贴心地与医生一起离开了，好让他有时间去独自整理混乱的思绪。

　　整理思绪？可他在整理思绪时却发现自己更加混乱了！

　　比如关于那个骇人的事实：他们全都在说英语，而他居然完全能够听懂那种粗鄙的语言，尽管他之前只学过一点点。一场车祸怎么会让他突然之间掌握一门完全不熟的语言？！

　　还有，他们都在用另一个名字称呼他。昨晚在他床边的那个陌生人叫他"乔治"，而护士叫他"瓦因先生"。乔治·瓦因——这显然是一个英国人的名字。

　　除此之外，还有一件事比其他事实都要骇人一千倍。

　　昨晚那个陌生人（他会不会就是医生口中的那个"表哥"？）对他说起了一场车祸——"你的轿车迎面撞上了一辆装满碎石的卡车"。令他难以置信的是，他居然知道什么是"轿车"和"卡车"，尽管他没有任何关于驾驶过它们的记忆！他也完全不记得那场车祸，不记得洛迪之战结束后自己坐在帐篷里时发生的任何事，可是……可是，为什么一辆靠汽油发动机驱动的轿车的画面，会自然地出现在他的脑海中呢？！

　　似乎有两个世界突兀地交融在了一起。

　　一个是清晰而明确的——那是他生活了 27 年的世界。他出生在 27 年前——1769 年 8 月 15 日的科西嘉。他在洛迪的一顶帐篷里睡去，那仿佛就是昨天晚上的事。当时他刚刚率领一支军队，在意大利赢得了人生中第一场重要的战役。

另一个就是他醒来后看到的这个杂乱无章的世界。在这个洁白的世界里，所有人都说着一种奇怪的英语。他刚刚才意识到，这种英语与他在布里埃纳、瓦朗斯和土伦听过的英语都不一样，但即便如此，他理解起来还是毫不费力。而且他知道，如果自己的下颌骨没有被打上石膏，他也可以用那种英语与人交谈。这个世界里的人们叫他"乔治·瓦因"。而最最奇怪的是，他们会说一些他根本没听过也不可能听过的词，但那些词还是会在他的脑海里形成画面。

轿车、卡车……它们都属于一种——一个词自然而然地出现了他的脑海里——汽车。他把注意力集中在汽车的概念和运行原理上，相关的画面便立刻在脑海里浮现出来：气缸内部，火花塞制造出的电火花将汽油蒸气点燃，所产生的爆炸驱动着活塞……

电？他睁开双眼看着天花板上那盏遮光灯。冥冥中他知道那是一盏电灯，也大致了解什么是电。

是那个意大利人，伽尔瓦尼……没错，他学习过伽尔瓦尼的实验，但那些实验好像并不涉及任何电的实际应用——比如那种灯。他凝视着那盏遮光灯，想象着为它提供幕后支持的水力发电机、长达好几英里的电线，以及电动机驱动的发电机。这些概念完全不受控制——或者说不受另外半个他控制——地冒了出来，让他紧张地屏住了呼吸。

伽尔瓦尼用微弱的电流使青蛙腿痉挛的那些低端实验，似乎和天花板上那盏平平无奇的神奇电灯毫无关联。这也是目前让他感觉最怪的一件事：他的一半意识认为那盏灯十分神奇，而另一半意识却觉得它平平无奇，并且知道它背后的原理大致是什么。

"让我回忆一下。"他想，电灯是托马斯·阿尔瓦·爱迪生改进成功的，时间大约是在……荒唐的是，他最先想到的是1900年

左右 [57]，可现在是 1796 年！

接下来，他意识到了一个真正恐怖的事实。他试着从床上坐起来，却因为疼痛而没能成功。

1900 年已经过去了，他的记忆告诉他。爱迪生去世于 1931 年，而那个名叫拿破仑·波拿巴的男人早在 110 年前的 1821 年就已经死了！

想到这里，他几乎陷入了疯狂。

虽然不确定自己是不是疯了，但无法说话的事实让他侥幸摆脱了被送去精神病院的命运。他有了足够的时间去理清思绪，而想出的唯一出路就是假装失忆，声称自己不记得那场车祸之前的任何事情。人们不会因为失忆而把你送进精神病院，他们会告诉你你是谁，让你按照他们所说的方式回到原来的生活里。当你努力回忆时，他们就会放手让你去重拾记忆碎片，自己将它们拼凑起来。

这种事他在 3 年前就已经做过一次了。而现在，就是明天，他要去见一位精神病医生，声称自己是拿破仑！

三

太阳愈加西斜，一架飞机像大鸟一样嗡嗡地从他的头顶上飞过。他看着那架飞机笑了起来，不是那种疯癫的笑，而是平静地为自己而笑。他的笑发自内心，因为他联想到了拿破仑·波拿巴坐在那样一架飞机上的场景，并从中感到了一种巨大的荒诞。

根据他的记忆，他从来没有坐过飞机。乔治·瓦因可能坐过几

---

57 | 美国发明家爱迪生成功改进电灯的正确时间是 1879 年 10 月 21 日。

次——在他前27年的人生里肯定坐过。但这是否代表他也坐过飞机呢？这个问题隶属于一个更大的问题之下。

他从长椅上站起来，继续向前走。已经快到5点了，查理·多尔很快就会从报社下班，回家吃晚饭。也许他最好是提前给查理打个电话，以确保查理今晚会在家。

他朝着最近的一家酒吧走去，并在途中给查理打了个电话。查理及时接了电话。他说："我是乔治，你今晚在家吗？"

"在的，乔治。本来有一场牌局要去，但听说你要来后，我就把它推掉了。"

"听说……哦，坎德勒已经和你说过了？"

"是的。嘿，我不知道你会打电话给我，早知道的话，我就提前联系玛吉了。一起出来吃个饭怎么样？玛吉应该不会介意的，可以的话我现在就打电话给她。"

"谢谢，不了，查理。"他说，"我已经有饭局了，你也可以去你的牌局。我7点左右到你家，只待大概一个小时，不会占用你整个晚上的。你只要8点之前别离开就行。"

查理说："没关系，反正我也不是很想去。你有段时间没出过门了，正好过来多待一会儿。我们7点见。"

他走出电话亭，到酒吧里点了一杯啤酒。他不知道自己为什么会回绝查理的邀请，或许是因为他还想再独处几个小时，不想和任何人交流，哪怕是查理和玛吉。

他一口一口地抿着啤酒，想要把时间拖得久一点。今晚他必须保持清醒，非常清醒。现在改主意还来得及——他给自己留了一条后路，虽然是一条很窄的后路。明天一早，他仍然可以去找坎德勒，说他不想做这项任务。

他的视线越过酒杯的边缘，看着吧台后方镜子中的自己。五短身材，浅黄色的头发，鼻子上有雀斑，体格很壮实。又矮又壮这一点倒是和真正的他很像，但其余的部分一点也不像！

他慢悠悠地又喝了一杯啤酒，把时间拖到了5点半。

接着，他再一次迈开步子，向着市里走去。路过刀锋报社的时候，他抬头看了看3楼的窗户。在坎德勒派给他这项任务之前，他就在那个位置工作。他不知道自己还有没有机会再坐到那扇窗边，欣赏阳光明媚的午后街景。

也许有，也许再也不会有。

他忽然想起了克莱尔，今晚想要见她吗？

好吧，不想，真实的回答是不想。可是，如果他人间蒸发两个多星期却不和她说一声"再见"，那他就不必再对他们的未来抱什么希望了。她不会喜欢那样的。

他最好还是去见她一面。

他顺路去了一家药店，给她家里打了个电话。他说："克莱尔，我是乔治。明天我会被派去外地做一项任务，不知道会去多久，可能是几天，也可能是几个星期。今天晚些时候我可以去见见你吗，和你道个别？"

"当然了，乔治，什么时间？"

"大概9点多，不会多太多的，可以吗？我得先去找查理谈一些工作上的事，9点之前可能走不开。"

"当然可以，乔治，随时欢迎。"

尽管还不饿，但他还是去了一家快餐店，硬着头皮吃了一个三明治和一个派，把时间拖到了6点1刻。如果他从现在开始步行，刚好能准时到达查理家，于是他向着查理家走去。

查理正站在门口迎他，手指贴在嘴唇上，冲着厨房的方向使劲扭头。玛吉正在厨房里擦盘子。查理小声说道："我没告诉玛吉你要来，她可能会不高兴。"

他很想问查理为什么玛吉会不高兴，或者说可能会不高兴，但他最终还是没有问出口。或许是他有点害怕知道答案。既然查理已经那么说了，就证明玛吉已经对他产生了反感，这可不是什么好兆头。他还以为自己这3年来一直伪装得很好。

然而无论事实如何，他现在已经不能去加以确认了，因为查理把他带到了客厅，而在厨房的人很容易能听到他们的声音。"很高兴知道你要来找我下棋，乔治。"查理说，"玛吉今晚要出门，附近的电影院上映了她想看的电影。而我本来是要去参加牌局的——为了表现得合群一点，实际上我并不想去。"

他从壁橱里拿出了棋盘和棋子，把它们一一摆放在茶几上。

这时，玛吉端着一个托盘进来了，托盘上放着大杯的冰镇啤酒。她把啤酒放在棋盘旁边，向他打了个招呼："嗨，乔治。听说你要离开几个星期？"

他点点头，说："可我还不知道要去哪里。坎德勒——我们的主编——问我有没有时间去外地出差，我答应了他。他说明天才会告诉我详情。"

查理伸出手来，两只手里分别握着两枚不同颜色的士兵。他碰了碰查理的左手，选择了白棋。他将自己的士兵挪到了国王那一列的第4格，查理也做了同样的操作，将士兵挪到了皇后那一列的第4格。

玛吉一边在镜子前整理她的帽子，一边说："如果我回来的时候你已经走了，那么提前和你说一声'再见'，祝你好运！"

"谢谢你，玛吉。再见。"他说。

他们又下了几步棋，准备离开的玛吉走过来与查理吻别，还轻轻吻了吻他的额头。

"照顾好自己，乔治。"她说。

他的眼睛与玛吉那双灰蓝色的眼睛对视了一瞬，他立即想到了她反感自己这回事，感觉有些害怕。

玛吉关上门离开以后，他说："我们就下到这儿吧，查理，该回归正题了。我9点左右还要去见克莱尔。我不知道这次要走多久，不和她说声'再见'我过意不去。"

查理看着他问："你和克莱尔是认真的吗，乔治？"

"我不知道。"

查理端起酒杯喝了一口，语气突然变得机敏而严肃起来："好吧，让我们言归正传。明天上午11点，我们要在阿普尔顿大街和一个叫厄尔文的人见面，W.E.厄尔文医生。他是个精神病医生，是伦道夫医生举荐的。

"今天下午坎德勒找我聊过以后，我给他打了个电话。坎德勒也已经和伦道夫商量好了。我的故事是这样的：我会给出我的真名，说我的表弟最近不太正常，想让他帮忙看看。我不会告诉他我表弟的名字，也不会告诉他我表弟到底是怎么个不正常法。我会回避这类问题，并美其名曰是不想让我的观点导致医生受到先入为主的影响。我会告诉他，我已经和表弟说好了要见精神病医生的事，而我唯一认识的精神病医生就是伦道夫。我给伦道夫打电话，但他说他不想接太多的私活儿，于是就把厄尔文介绍给了我。我已经跟伦道夫说过，我是我表弟还在世的亲戚中血缘关系最近的一个。

"这就为伦道夫成为签署诊断证明的第二位医生做好了铺垫。

如果你能让厄尔文相信你真的疯了，并开具诊断证明，我就可以要求他让伦道夫也参与进来。当然，这一次伦道夫会同意的。"

"关于我可能患上了哪种精神疾病，你一句也没有透露？"

查理摇了摇头，说："总之，我们两个明天都不用去刀锋报社上班了。我会在和往常一样的时间离开家，所以玛吉不会察觉出任何异常。我会和你在市中心碰面——准确地说，是 10 点 45 分在克里斯蒂娜大厦的门厅碰面。接着，如果你成功让厄尔文觉得你可以被送进精神病院，我们就立刻把伦道夫找来，明天之内把整件事搞定。"

"如果我改变主意了呢？"

"那我就打电话取消这次约见，没什么大不了的。你看，该聊的我们都已经聊完了，让我们把这盘棋下完吧，现在才 7 点 20 分！"

他摇摇头说："我还是想再聊一会儿，查理，刚才你忘说了一件事。明天过后，你会多久来探视我一次，把我的口信带给坎德勒呢？"

"哦，对，这个我忘说了。和精神病院允许我去探视的频率一样——一周三次，分别在周一、周三和周五的下午。明天是周五，所以如果你明天进去，我第一次探视你的时间就是下周一的下午。"

"好的。话说，查理，坎德勒有没有向你透露我要进去干什么？"

查理·多尔缓慢地摇了摇头："一个字也没提。你要去干什么？这对你来说是不能聊的秘密吗？"

他盯着查理思考了一会儿，然后突然意识到他不能实话实说——就连他也不知道自己要去干什么。如实相告会让他显得很蠢。在坎德勒找理由不告诉他真相的时候，一切听上去还不算太蠢，但现在由他说出来就会显得很蠢。

他回答道："既然他都没告诉你，我想我最好也不要说，查理。"这个理由似乎有点牵强，于是他又补充了一句，"我答应过坎德勒会保密。"

这时，两个人都已经喝光了杯中的啤酒，于是查理拿着两个杯子去厨房倒酒。

他跟着查理来到了厨房，感觉厨房里的生活气息更能让自己放松下来，于是就跨坐在了厨房里的一把椅子上，手肘搭着椅背。查理则靠在了冰箱上。

他说了句"干杯"，两人就畅饮起来。查理接着问道："你已经准备好要讲给厄尔文医生听的故事了吗？"

他点点头说："坎德勒有没有告诉你我要对医生说什么？"

"你是指……说你是拿破仑？"查理笑了起来。那是真诚的笑声吗？他望着查理，想到了一种匪夷所思的可能性。查理为人正直又诚实，在他所知的 3 年里，查理和玛吉是他最好的两个朋友。据查理的话说，他们推心置腹的时间比 3 年要长，而且长得多。但对于他来说，3 年前的事情已经属于另一个世界了。

他清了清嗓子，感觉接下来的话有些难以启齿，但他还是必须确认一下。"查理，我要问你一个不太友好的问题——这项任务是绝对可靠的吗？"

"什么意思？"

"我知道这听起来有点扯，但是……你和坎德勒应该不会以为我真的是个疯子吧？你们并没有串通一气，想要在我不知情的情况下把我送进精神病院，或者让我毫无痛苦地接受精神检查，对不对？"

查理看着他说："天哪，乔治，你不会相信我能干出那种事的，对吗？"

"对，我不相信。但你有可能会觉得这么做是为了我好，因而去参与这个阴谋。查理，如果真的是这样，如果你真的以为这是为了我好，那么请允许我指出这是不公平的。我明天要去对一个精神病医生说谎，让他相信我有妄想症，而不是以我的真实面目去见他，这对我来说根本就不公平！你不这么认为吗，查理？"

查理的脸有些泛白，他慢吞吞地说："我发誓，乔治，没有那样的事。我知道的所有情况都是坎德勒和你告诉我的。"

"你觉得我精神正常吗？完全正常吗？"

查理舔了舔嘴唇说："你想听真话？"

"真话。"

"我毫不怀疑，直到此时此刻也一样。除非……好吧，除非失忆症也算是一种精神病，我认为你还没有从中恢复过来。不过你想说的应该不是这个，对吧？"

"嗯，不是。"

"至于你刚刚说的那些……乔治，如果你真的那么想的话，你可能是被一种被迫害情结控制了。你应该能看出那是多么荒唐——一个阴谋，要把你送进……坎德勒和我到底能出于什么理由非要让你去说谎，把自己送进精神病院呢？"

"我很抱歉，查理。"他说，"那只不过是个一闪而过的怪想法而已，我并不认为那是真的，当然不。"

他瞥了一眼手表，说："我们把那盘棋下完，怎么样？"

"好啊，让我先给我们的杯子灌满酒。"

他心不在焉地下起了棋，并设法在15分钟之内输给了查理。查理提议再来一局，给他一个反杀的机会，但他拒绝了查理的好意，身体向后靠在了椅背上。

他问："查理，你听没听说过有些棋子是红黑配色的？"

"没，没有。我只见过黑白和红白的棋子。为什么突然这么问？"

"好吧，"他咧嘴一笑，"我知道现在不是说这个的时候，毕竟我刚刚问过你'觉得我精神正常吗'这种话。但我最近确实总是做同样的梦。虽说只是一些普通的梦，但当你把同样的梦做了一遍又一遍后，就会感觉这其中大有蹊跷。其中一个梦是关于一场红、黑之间的游戏的，但我不知道那是不是象棋。你应该知道，人在做梦的时候会感觉一切都是合理的，无论那是否真的合理。在梦里，我从没想过那种红对黑的游戏是不是象棋。我猜，那是因为我知道它是什么，或者说我以为我知道它是什么。然而，梦里的想法通常不会延续到梦醒以后……你明白我的意思吗？"

"当然，继续说下去。"

"好的，查理。我在想，这会不会和我记忆中的那堵难以翻越的墙有关？在我的——好吧，我不能说在我的生命里，只能说在我有记忆的 3 年里——这还是我第一次做重复的梦。或许，我的记忆正在尝试翻越那堵墙！

"会不会是因为我曾经拥有过一套红黑棋子，或者我上过的哪所学校举办过红、黑两队之间的篮球或棒球比赛？再或者……或者发生过什么类似的事情？"

查理想了很久，最后摇了摇头。"没有，"他说，"没有什么类似的事情。不过，轮盘赌的转盘上确实有红色和黑色，扑克牌也是由这两种颜色组成的。"

"不对，我很肯定这跟扑克牌和轮盘赌无关。我能感觉到红和黑不是一体的，而是一场游戏中相互对决的两方。好好想想，查理，不是你可能在哪儿看到过类似的东西，而是我。"

他看着查理冥思苦想了一会儿，随后说道："好了，放过你的脑子吧，查理。试试这个词——明亮闪耀。"

"明亮闪耀的什么？"

"就是这个词本身，明亮闪耀。你有什么关于它的印象吗？"

"没有。"

"好的，那就忘了它吧。"

四

他来早了，于是径直走过克莱尔的家，来到了街角的一棵大榆树下，边抽剩下的半根烟，边闷闷不乐地沉思起来。

其实也没什么可沉思的，他要做的仅仅是对她说一句"再见"——就这两个简单的字而已。如果她问起他要去哪里、具体去多久，他只要含糊作答就好。说话的时候要保持语气平和、不带入个人感情，假装他们对于彼此来说并没有什么特殊的意义。

他理应这样做。他认识克莱尔·威尔森已经一年半了，却始终没有和她确定关系。这不公平。为了她好，他必须让这一切结束。作为一个自以为是拿破仑的疯子，他根本没有资格去向她求婚。

他扔掉了烟头，用脚后跟狠狠地把它碾碎在地上，然后回到了克莱尔家的门前。他迈上门廊，按响了门铃。

是克莱尔本人开的门，玄关的灯光打在她的身后，她的脸在阴影里，头发仿佛被镶上了一圈金边。

他太想把她揽入怀中了，于是紧紧握住了双拳，好让胳膊保持下垂。

他笨拙地寒暄起来："嗨，克莱尔，最近过得如何？"

"不好说，乔治，你过得如何？不进来吗？"

她往门内退了一步，想把他让进屋来。这时，光正好打在了她的脸上，她的笑容甜美而庄严。她知道有什么事情将要发生，他想，这一点从她的表情和语气中就能看出来。

他不想进门，于是说道："多么美好的夜晚啊，克莱尔。我们到外面散散步吧。"

"也好，乔治。"她走到了门廊上，"今天的夜色确实很美，看那些漂亮的星星！"她转过身看着他问，"其中有没有一颗属于你呢？"

他犹豫了片刻，上前挽住她的胳膊，和她一起走下了台阶。

"所有的星星都是我的，你想要买一颗吗？"他轻声说。

"你就不能送我一颗吗？哪怕只是一颗小小的矮星也行，我要用望远镜才能看到的那种。"

这时，他们走到了人行道上，克莱尔的家里人已经听不到他们说话了。她突然间换了个腔调，用不带任何调情意味的语气问："发生什么了，乔治？"

他张开嘴想要说"没什么"，可话到嘴边又咽了回去。他不能对她撒谎，却又不能向她坦白事实。她那认真的发问方式本该让一切变得容易一些的，但事实是，这样反而让他更加为难。

她紧接着问："你想要永远地向我告别，对吗，乔治？"

他说了声"对"，但由于嘴巴太干，他不知道她有没有听清。于是他舔了舔嘴唇，又试了一次："对，恐怕我们要永远地告别了，克莱尔。"

"为什么？"

他无法说服自己转过身去看她，只好茫然地看着前方。"我……我不能告诉你，克莱尔。"他说，"我唯一能做的就是向你告别，这对我们来说是最好的选择。"

"那只告诉我一件事就行，乔治。你真的要走了吗？还是说这只是你离开我的一个借口？"

"真的，我真的要走了，但我不知道要走多长时间。也请你不要问我会去哪儿，我是不会告诉你的。"

"也许我已经猜到了答案，乔治。你想听我说说看吗？"

他确实想听，非常想听，但他怎么能承认呢？他用沉默代替了回答，因为他无法把"想"字说出口来。

他们此刻来到了附近的一个公园里。那是一个很小的公园，里面没什么私密空间，只有几张长椅。他说不清是他还是她把对方带到了这里的长椅上。公园里也有其他人，但距离他们不是很近，不能作为他不回答她问题的借口。

她紧贴着他坐在长椅上，说："你在为你的精神问题担心，是不是，乔治？"

"呃，是的。从某种角度来说，是这样的。"

"这也是你要离开的原因，我说的对吗？你要去什么地方接受诊断或者治疗，也可能两种都做？"

"差不多吧，但不像你说的那么简单，克莱尔。我……我不能告诉你实情。"

她把手放在他的掌心，枕在他的膝盖上说："我就知道会是这样，乔治。我不指望你告诉我实情，只是……只是能不能不要这么急着下定论？或许我们可以用'后会有期'来代替'永别'。我不需要你写信给我，如果你根本不想写信的话。但还是请你不要自作主张地把话说得那么决绝，就算是为了我，好吗？是不是永别，至少要等你到了你的目的地以后再说吧？"

实情远没有她说得那么轻巧，他咽了咽口水，无奈地说："好吧，克莱尔，都听你的。"

她突然站了起来，说道："我们走吧，乔治。"

他也紧跟着站了起来。"时间还早呢。"

"我知道，可是有时候……你会感觉是时候结束一场约会了，乔治。我知道这听起来很蠢，但是在我们说完了刚才那些话以后，你不觉得再这么待下去就有点……呃，没意思了吗？"

他轻笑了一下，说："我明白你的意思。"

他们无言地走回了她的家，他的心里五味杂陈，不知道该为这种沉默感到窒息还是解脱。

"乔治。"在家门前昏暗的门廊上，她转过身叫了他一声，然后便又陷入了沉默。

"噢，该死！乔治，别再跟我装高冷或是耍什么花样了，除非……当然，除非你不爱我了，除非这是一个你精心设计好的和我分手的计划！是这样吗？"

此时的他只有两个选择，一个是跑得越远越好，另一个就是他所选择的那种。他张开手臂环抱住她的身体，饥渴地亲吻起来。

这场亲吻持续了很久，双唇分开后，他已经变得呼吸急促，神志迷离。原本不想对她说的话脱口而出："我爱你，克莱尔。我爱你，我爱你！"

"我也爱你，亲爱的。"她说，"你会回来找我的，对吗？"

“会的，我会的。”他说。

从她家到他的住处大约有 4 英里的距离，但他还是选择了步行，不知不觉间就走回了家。

他没有开灯，坐在自己房间的窗前陷入了沉思。然而，不管他怎么冥思苦想，思路总是会转回到 3 年来一直囚禁他的那个怪圈之中。

目前来看，他的生活里并没有增加什么新的事实，除了他马上就要脱离正轨——而且是脱离得很远。或许，仅仅是或许，这件事最终会有两种可能的结局。

在他的窗外，星星像璀璨的钻石一般镶嵌在夜空里。其中会不会有一颗星正指引着他的命运呢？如果有，那么他会跟从它的指引，即便它会把他带到精神病院里去。他的心里始终有一个执念：这一切都不是偶然，他命中注定要被迫说出真相，即便是以“说谎”的名义。

指引命运的星星。

明亮闪耀？不，他梦里的这个词不是形容星星的。它根本就不是形容词，而是一个名词。明亮闪耀……明亮闪耀究竟是个什么东西？

还有红色和黑色。他把查理提到的所有东西又回想了一遍，还想出了几种新的可能，比如跳棋，但似乎都不太对。

红色和黑色……

无论答案是什么，他现在都在全速向着它飞奔，已经离终点不远了。一段时间之后，他躺到了床上，但久久都没能入睡。

五

查理·多尔走出贴着"闲人免进"的诊室，向他伸出手说："祝你好运，乔治。医生已经准备好和你谈话了。"

他握了握查理的手，说："你也可以走了，我们周一见，第一个探望日。"

"我会在这儿等着。"查理说，"我请了一整天假，你不记得了吗？而且，你没准儿还不用进精神病院呢。"

听到这里，他放下查理的手，盯着对方的脸迟疑地问："你什么意思，查理？什么叫'没准儿还不用进'？"

"你说呢？"查理显得很困惑，"因为医生可能会说你没事，或者只是建议你定期来做检查，直到你恢复正常，或者……"他的声音弱了下来，"或者是别的什么。"

他震惊地盯着查理，不知道是自己还是查理出了问题。虽说在这种地方质问查理可能会让他显得像个疯子，但他还是必须确认一下查理并没有忘记他们的计划。也许是查理在和医生聊天的时候太过投入，现在还没出戏？

"查理，难道你不记得——"

查理看着他时那茫然的眼神，让这个问题的后半部分听起来像个笑话。答案已经写在了查理的脸上，不需要说出口来。

"我会等你的，当然会。祝你好运，乔治。"查理又重复了一遍。

他审视着查理的眼睛点了点头，转身走进了贴着"闲人免进"的诊室。在他反手关上门时，诊室里那个原本坐在办公桌后的男人站了起来。男人的块头儿很大，肩膀宽阔，有着铅灰色的头发。

"厄尔文医生？"

"你好，瓦因先生。请你先坐下好吗？"

他坐在了桌子对面的那张柔软舒适的扶手椅上。

"瓦因先生，"医生说，"第一次做这种谈话总会有些困难，我是指对于患者来说。除非你对我更熟悉一些，否则你会很难向我敞开心扉。你是更倾向于自己来讲述你的情况，还是由我来向你提问呢？"

他纠结了一下。本来他已经准备好了一套说辞，但查理在候诊室里的表现让他改变了主意。

"或许最好由你来提问。"他说。

"很好。"厄尔文医生的手里拿着一支铅笔，面前放着一张白纸，"你的出生地点和时间是？"

他做了个深呼吸，回答道："据我所知，我出生在科西嘉，时间是 1769 年的 8 月 15 日。当然，我并不是真的记得自己出生时的情况，是别人在我小时候这么告诉我的。我在科西嘉待到了 10 岁，后来被送去布里安上学。"

医生没有在纸上写字，而是用铅笔尖轻轻敲着那张纸问："你觉得现在是哪年哪月？"

"1947 年 8 月。是的，我知道这意味着我已经 170 多岁了，你一定想听我解释这是怎么回事。但我无法解释，就像我无法解释拿破仑·波拿巴在 1821 年就已经去世了一样。"

他靠在椅背上，抱起胳膊，盯着天花板继续说："我不想尝试去解释其中的悖论，我接受了这些矛盾的事实。无论这是否合乎逻辑，在记忆中我始终是拿破仑，今年 27 岁。我不想赘述我的经历了，那种东西历史书上写得很全。

"1796 年，我在意大利率领一支军队参加了洛迪之战，战役结束后我回营睡觉——和任何时间、任何地点的任何人去睡觉时都没什么区别。然而当我醒来时——这之间仿佛只过了短短一瞬——却发现自己躺在这座城市的一家医院里，还被告知我的名字是乔治·瓦因，眼下已经是 1944 年，我 27 岁。

"只有 27 岁这一点没变，其他的全都变了，完全不一样了！我没有关于乔治·瓦因早年生活的任何记忆，直到他——或者说我——因为那场车祸被送进医院，又在医院里醒来。现在我也只知道一点点他过去的事，但都是别人告诉我的。

"我知道他的出生时间和地点，知道他在哪里上的学，知道他什么时候入职的刀锋报社，也知道他入伍和退伍的时间——1943 年底因为腿伤导致膝盖受损退伍。另外，他不是在战场上受的腿伤，被要求退伍的原因里也并没有'精神疾病'这一项。"

医生停下了手中的笔，问道："3 年来你一直把这个想法藏在心里？"

"对，那场车祸之后，我有足够的时间去想自己该怎么办。我决定接受人们告诉我的那个身份，否则他们一定会把我关起来的！后来我试着去寻找一种合理的解释，便研读了邓恩[58]的时间理论，甚至还有查尔斯·福特[59]的著作。你知道卡斯帕·豪泽[60]吗？"

厄尔文医生点了点头。

"也许他也是灵机一动用了我这招。我很想知道有多少失忆症患者是因为发现记忆与事实明显不符，所以才故意假装不记得某个特定日期之前的事。"

58 | 约翰·威廉·邓恩（John William Dunne，1875—1949），英国哲学家、科学家，著有《时间试验》等。

59 | 查尔斯·霍伊·福特（Charles Hoy Fort，1874—1932），美国作家、研究员，对未解之谜、超自然现象和不寻常事件进行了广泛的研究和记录。

60 | 卡斯帕·豪泽（德语原名：Kaspar Hauser，1812—1833），19 世纪早期德国的谜团人物。他于 1828 年出现在纽伦堡的街头，没有记忆和语言能力，身世之谜引起了广泛的关注和猜测。

厄尔文医生缓慢地开口道："你的表哥告诉我说，在那场车祸之前，你对拿破仑就有点……呃，'迷恋'——这是他的原话。关于这一点你怎么解释？"

"我说了，我无法解释任何事情，但我可以为查理·多尔的话作证。很显然，我——作为乔治·瓦因的那个我——对拿破仑非常热爱，读过很多与他相关的书，把他奉为心目中的英雄，聊天的时候也偶尔会提到他。所以刀锋报社的同事们才会给我起'拿皮'这个外号。"

"我发现你会刻意把自己和乔治·瓦因加以区分，你到底是不是他？"

"在这 3 年里我是，但在 3 年之前，我没有任何身为乔治·瓦因的记忆，也不认为自己是他。关于这种感觉，我能想到最贴切的描述就是——3 年前，我在乔治·瓦因的身体里醒来了。"

"那中间的 170 年里你做了什么？"

"我毫无头绪。哦，对，我并不怀疑这是乔治·瓦因的身体，因为我继承了他拥有的知识，没有继承的只有他的个人记忆。比如，尽管我不认识他的任何一位同事，却知道如何完成他在报社里的工作。我拥有他的英语能力和写作能力，会操作打字机，手写笔迹也和他一模一样。"

"如果你认为自己的意识不属于瓦因，你又该怎么解释这一切？"

他把身体向前倾，说道："我认为只有一部分的我是乔治·瓦因，另一部分不是。我身上可能发生了某种超出人类经验范畴的意识转移，但这并不一定就是超自然现象，也并不能证明我疯了，不是吗？"

厄尔文医生用提问代替了回答："出于一些可以理解的原因，

你把自己的情况保密了3年。而现在，大概是出于什么别的原因，你决定说出真相。可以告诉我那是什么原因吗？是什么让你转变了态度？"

这个问题正中要害。

他缓缓地答道："因为我不相信巧合。我周围的情况发生了改变，而我也厌倦了伪装。我想要冒着被当作疯子关进精神病院的风险，去寻找真相。"

"你周围的情况发生了什么改变？"

"昨天，我的上司以工作任务为由，让我去扮演一个疯子。而我要假装的，正是我实际上有可能患有的那种精神疾病——当然，我承认我有患妄想症的可能，但我还是只能按照自己是个正常人的思路去行事。这就好比你知道自己是 W.E. 厄尔文，所以你只能以这个事实为基础行事，但你怎么确定你真的就是厄尔文呢？也许你也是个疯子，但你还是只能以'你没疯'作为一切行动的前提。"

"你认为你的上司参与到了一场阴谋之中，而且……是针对你的？你觉得他们想把你骗到精神病院里去？"

"我不知道。事情是昨天中午才发生的。"他深吸一口气，开始了他的讲述。他把整件事情的来龙去脉都告诉了厄尔文医生，包括他和坎德勒的谈话、坎德勒口中伦道夫医生的来访、他昨晚和查理·多尔的谈话，以及查理在候诊室里那副茫然无辜的表情。

"就是这样。"说完，他看着厄尔文医生那张面无表情的脸，心中的好奇多于担心，想要试图解读那张脸上的情绪。他随性地补充了一句："你不会相信我的，当然了，你只会觉得我是个疯子。"

接着，他直视着厄尔文的眼睛说："你别无选择，除非相信我所说的全都是精心编造的谎言——为了故意让你以为我是疯子。更直白地说，作为一名科学家和精神病医生，你不可能接受我所说的情况是客观事实，对吧？”

"我想恐怕是的。所以你到底想怎样？"

"下你的诊断书吧！我会让他们的计划进行下去，就连让埃尔斯沃斯·乔伊斯·伦道夫来做第二位签字医生的这个细节也不会漏掉。"

"你不做反抗吗？"

"反抗对我来说有什么用吗？"

"有的，至少在一点上有用，瓦因先生。如果患者对某位医生有成见或者妄想，那么我们会尽量不让这位医生对患者进行治疗。如果你认为伦道夫医生参与到了一场针对你的阴谋之中，我可以提议由其他的医生来签字。"

"如果我就想选伦道夫呢？"他轻声问。

厄尔文医生和蔼地摆摆手说："当然可以，如果你和多尔先生都同意的话。"

"我们都同意。"

铅灰色的脑袋郑重其事地上下动了动。"我想，有一点你应该明白，如果伦道夫医生和我认为你有必要住进精神病院，绝对不是为了把你关起来，而是为了通过治疗让你早日康复。"

他点了点头。

厄尔文医生站起身说："等我一下可以吗？我要去给伦道夫医生打个电话。"

他看着厄尔文的身影消失在一扇更靠里的房门内，心想："他的办公桌上明明就有一部电话，但他不想让我听到他们的对话。"

他安静地坐在原位，直到厄尔文回来，并告诉他说："伦道夫医生现在有空，我叫了辆出租车送我们过去。你能再等我一下吗？我想和你的表哥查理再谈几句。"

他坐在那里一动不动，没有回头去看医生走进背后的候诊室。他本可以跑到门边偷听那两个人在外面的低声交谈，但他没有这么做，只是坐在那里，直到听见候诊室的门在身后打开，查理的声音传了进来："乔治，我们走吧，出租车已经在楼下等我们了。"

他们乘电梯下楼，坐上出租车后，厄尔文医生给了司机一个地址。车程大约过半的时候，他说了一句"天气真好"，查理清清嗓子回应了一句"是啊"，此后他便再也没有试图打破沉默，其他人也没有再说一句话。

六

他穿着灰裤子和灰衬衫，衣领敞开着——为了防止患者上吊自杀，这里并不提供领带。出于同样的原因，他的腰间也没有皮带，所幸裤子上的扣子足够紧，无须担心裤子会掉下来。他也无须担心自己会从任何一扇窗户上掉下去，因为所有的窗户上都装了栅栏。

他住的并不是单人病房，而是一间位于3层的大病房，里面除了他以外还住着7个患者。他放眼朝他们看去，其中两个人正坐在地板上，中间摆着一张棋盘；一个人坐在椅子上，目不转睛地盯着虚空；还有两个人靠在一扇开着的窗户的栅栏上，看着窗外，煞有介事地闲聊着；一个人读着杂志；最后一个人坐在角落里，在一架根本不存在的钢琴上流畅地弹奏琶音。

他靠墙站在那里，观望着其他7个人。这是他来到这里的第二个小时，感觉却像是已经过了两年。

和埃尔斯沃斯·乔伊斯·伦道夫医生的面谈十分顺利，几乎就是他和厄尔文医生面谈过程的翻版。另外，很显然，伦道夫此前并没有听说过他。

他当然早就料到了这一点。

现在他感觉非常平静，决定暂时放弃思考，不去为明天担忧，甚至不去拥有任何情感。

他走到下棋的那两个人身边，发现他们在玩跳棋，走棋方法完全遵守正常的规则。

两人中的一个抬起头问："你叫什么名字？"

这是一个再正常不过的问题，唯一不正常的地方就是，在他刚来的这两个小时里，那个人已经问过他4遍这个问题了。

"乔治·瓦因。"他说。

"我叫巴辛顿，雷·巴辛顿，叫我雷就好。你是个疯子吗？"

"不是。"

"我们这些人里有的是疯子，有的不是。比如他就是。"雷看向了那个正在弹奏想象中的钢琴的男人。"你玩跳棋吗？"

"我玩得不好。"

"好吧，我们马上就要去吃饭了，有什么不懂的就问我。"

"你们怎么离开这里？等等，我不是在开玩笑，我是真的想知道离开的办法！"

"你每个月要去见一次医生。医生们会问你问题，根据你的回答决定你是去是留。他们有时候还会给你扎针。你是什么来头？"

"来头？什么意思？"

"智力低下、躁郁症、精神分裂症，还是更年期抑郁症？"

"噢，应该是妄想症。"

"那可不太妙，他们会给你扎针的。"

这时，不知从什么地方传来了一阵铃声。

"晚饭时间到。"另一个玩跳棋的人说，"你尝试过自杀或者杀人吗？"

"没有。"

"那他们应该会让你在 A 桌吃饭，用刀和叉子。"

病房的门被向外打开了，一个警卫站在门口说了声"好了"，他们便一个接一个地走出了病房，只有那个坐在椅子上盯着虚空的男人还留在原地。

"那个人什么情况？"他问雷·巴辛顿。

"他今晚要饿一顿。躁郁症，情绪正在滑向抑郁那边。他们允许你饿一顿，但如果你下一顿还不吃，他们就会把你拖过去喂食。你有躁郁症吗？"

"没有。"

"你很幸运，情绪低落的时候真的很煎熬。这里，走进这扇门。"

门后是一个很大的食堂，饭桌和长椅之间挤满了像他一样穿着灰衬衫、灰裤子的人。一个警卫把他从门口拽了进来，对他说："那边，那个座位。"

他的座位就在门边，前方的饭桌上放着一个锡箔纸盘，里面胡乱地堆着一些食物。盘子旁有一把勺子。

他问："我没有刀叉可以用吗？他们告诉我说……"

警卫一把将他推到座位前，说："观察期 7 天，结束前不准用刀叉。坐下！"

他乖乖坐下，发现同桌的所有人都没有刀叉可用，但他们都吃得津津有味，其中几个还会丁零咣啷地吃得满嘴都是。他把目光集中在自己的盘子上，盘子里的食物让他没有半点食欲，但他还是边摆弄勺子，边硬着头皮吃下了几块炖菜中的土豆和一两块不太肥的肉。

他很好奇，为什么就连咖啡也要用锡纸杯子装，后来才意识到普通的玻璃杯是多么易碎，而平价餐厅里那种沉重的马克杯又是多么危险。

杯子里的咖啡又淡又凉，他喝不下去，于是只好靠在椅背上闭目养神。再次睁开双眼时，他发现面前的盘子和杯子都已经空了，一个男人正坐在他的左边狼吞虎咽——正是那个弹奏不存在的钢琴的男人。

他想："如果我在这里待得足够长，就也会饿到能吃下那坨东西的地步……"他很讨厌自己的这个想法。

又过了一会儿，随着一阵铃声响起，食堂里的人们在某种无形的默契下一桌接一桌地全体起立，列队走出食堂。

他的病房成员是最晚进、最先走的那一拨。

上楼梯时，雷·巴辛顿走在他的身后，对他说："你会习惯这里的。你刚才说你叫什么来着？"

"乔治·瓦因。"

巴辛顿笑了笑。

病房的门被从外面关上后，他发现窗外的天已经黑了，于是走到一扇窗前，凝视着栅栏外的夜空。一颗明亮的星星低悬在院子里的榆树上方。那是指引他命运的星星吗？他已经跟着它来到了这里。这时，一片云遮住了那颗星。

有什么人站到了他的身边，他转过头，发现是之前那个凭空弹钢琴的男人。他的肤色黝黑，长着一副外国人的面孔，黑色的眼睛热忱而深邃。他笑容满面，仿佛是有人给他讲了个无声的笑话。

"你是新来的，对吗？或者是刚被换到这个病房？"

"新来的，我叫乔治·瓦因。"

"我叫巴罗尼，是个音乐家——以前是，现在嘛……管他呢！关于这里你有什么想问的吗？"

"当然，我想知道怎么离开这里。"

巴罗尼笑了，但既不是嘲笑也不是苦笑。"首先，你要向他们证明你恢复正常了。介意和我聊聊你出了什么问题吗？我们中有的人是介意的，有的不介意。"

他看着巴罗尼，揣测着对方的意图，最后答道："我想我不介意。我觉得自己是拿破仑。"

"所以你是吗？"

"是什么？"

"你是拿破仑吗？如果你不是，那你很可能会在 6 个月内离开。如果你真的是，那就不好办了，你可能会死在这里！"

"为什么？！如果我真是拿破仑，那就说明我没有疯，而且……"

"这不是重点，重点是他们觉得你疯没疯。他们的脑回路是，如果你觉得自己是拿破仑，那么你就是个疯子，就这么简单。所以你只能留在这里。"

"那如果我对他们说，我觉得自己是乔治·瓦因呢？"

"他们曾经对付过一个妄想症病人，可以肯定的是，他们现在也认为你有妄想症。当妄想症病人在一个地方待腻了，就往往会通过撒谎以求脱身。但他们是不会轻易上当的，他们早就料到你们会用这一手。"

"他们或许会料到，但他们怎么才能……"

他忽然感到脊背一凉。不必说完这个问题，他的心中就已经有了答案。他们会给你扎针的——雷·巴辛顿这么说的时候，他还没意识到那是什么意思。

肤色黝黑的男人点了点头。"吐真剂。"他说，"如果一个妄想症病人觉得自己可以走了，他们就会在把他放走之前对这一点进行确认。"

他感觉自己走入了一个经过精心设计的陷阱。现在好了，他可能要死在这儿了！

他把头靠在冰凉的铁栅栏上，合上了双眼。一阵脚步声离他远去，他知道自己现在是只身一人了。

他睁开眼睛，看向窗外的黑暗，那片云把月亮也遮住了。

"克莱尔，"他想，"克莱尔！"

一个陷阱。

如果真的有陷阱，就一定有设计陷阱的人。他到底疯了还是没疯呢？如果他没疯，那么他就是被陷害了，而如果他被陷害，就一定有在背后陷害他的人或人们。

如果他疯了……就让他疯了吧！那样一来，所有的事情都会变得顺理成章，他总有一天会离开这里，重见天日。他可能会回到刀锋报社工作，找回所有以前他在那里工作时的记忆，或者说乔治·瓦因以前在那里工作时的记忆——问题的关键就在于此，他不是乔治·瓦因。另一个致命的事实是，他并没有疯。他感觉抵在额头上的铁栅栏愈加冰凉。

过了一会儿，他听见病房的门开了，于是四下张望起来。两个警卫走了进来，他的心头忽然涌起一阵强烈的希望，但希望很快就破灭了。

"该睡觉了，伙计们。"其中一个警卫说。有躁郁症的那个男人仍坐在椅子上一动不动，警卫看了看他说："这个疯子！嘿，巴辛顿，帮我把他弄进去。"

另一个块头更大的警卫来到了窗户前，这个人的头发像摔跤运动员一样剃得很短。"你，那个新来的。瓦因，对吧？"

他点了点头。

"想惹点麻烦，还是上床睡觉？"警卫把握紧的右拳拉向身后。

"我不想惹麻烦，我受够了。"

警卫稍稍放松了警惕，"很好，继续保持我们就不会打扰你。空床铺在那边。"他朝一个方向指了指，"右边那张床，早晨起来自己收拾。好好在床上待着，管好你自己。一旦病房里出现任何噪声或者乱子，我们都会进来处理——用我们的手段，你不会喜欢的。"

他吓得说不出话，只好点了点头。他转身走进了警卫所指的那个小隔间的门，看到里面有两张床。刚才坐在椅子上的那个躁郁症病人正平躺在另外那张床上，眼睛睁得老大，茫然地盯着天花板。他脚上的拖鞋被脱掉了，但衣服还留在身上。

他看向了自己的床铺，深知无论如何也无法为室友做任何事。他不可能走进那个人的内心，因为对方此刻正被一层坚不可摧的痛苦外壳紧紧包裹——痛苦的情绪会间歇性地造访躁郁症患者。

他掀开自己床上的一层灰色盖毯，发现下面还有第二层灰色盖毯，再下面就是又硬又滑的床垫。他脱掉衬衫和裤子，把它们挂在床尾一侧墙上的钩子上，然后在四壁寻找起了头顶那盏灯的开关。他没有找到开关，但灯就在这时自动熄灭了。

隔间外的病房里只剩下一盏灯还亮着，他借着那盏灯的光线脱掉鞋和袜子，钻进了床铺。

他默默地躺了一会儿，一直能听见两种微弱的声音，似乎是从很远的地方传过来的。在病房外的某一个小隔间里，有人正低声为自己吟唱一首无词的挽歌。与此同时，另一处的某个人正在低声抽泣。然而，他却无法听见与自己躺在同一个隔间里的室友的呼吸声。

这时，隔间外传来了一阵光脚走路的声音。一个人影站在敞开的门口叫道："乔治·瓦因。"

"谁？！"他说。

"嘘！小点声，我是巴辛顿。我想和你说说那个警卫的事。我之前应该提醒过你，不要招惹他。"

"我没招惹他。"

"我听说了，你很聪明。他一有机会就会把你撕成两半！他是个虐待狂，很多警卫都是，所以才说他们是'疯狗'——他们自己也这么叫自己。他们如果因为下手太狠被一个地方解雇后，总是能再找到下家。他们明早还会来的，别怪我没提醒过你。"

门口处的人影消失了。

他躺在昏暗的隔间里，周围几乎一片漆黑，与其说他是在思考，不如说是在感受这一切。他感到十分好奇——疯子能意识到自己疯了吗？他们会承认这一点吗？每个疯子都像他一样坚信自己是谁吗？

在他的床边，那个静如死水的家伙正承受着难以言说的痛苦，其严重程度已经远远超出了正常人能够理解的范畴。

"拿破仑·波拿巴！"

他听到了一个清晰的声音，但不确定那声音是从他脑子里冒出来的，还是从外面传来的。他从床上坐起来，视线穿透昏暗的隔间，看向了门口。那里没有任何东西或人影。

"谁？！"他说。

七

就在坐起来问"谁"的一刹那，他注意到了刚才那个声音叫的是什么名字。

"起床，穿衣服。"

他把双腿甩出床沿，站了起来，伸手够来衬衫正要往胳膊上套，这时，他忽然停下来问："为什么？"

"去了解真相。"

"你是谁？"他问。

"别那么大声说话，我能听见。我在你之内也在你之外，我没有名字。"

"那你是什么？"他不假思索地大声问。

"明亮闪耀的道具。"

拿在手里的裤子掉在了地上。他小心翼翼地在床沿上坐下，俯身摸索地上的裤子。

与此同时，他的大脑也在飞速运转——他不知道自己该问什么。最后，他终于想到了一个问题。这一次他没有问得太大声，在整理裤子并把腿蹬进裤腿的过程中，他也始终把注意力集中在他的问题上。

"我疯了吗？"

没有——这个答案明确而清晰地出现在了他的脑海，就像是被什么人说出声来了一样。真的有人说了这个词吗？还是说那只是一个来自他大脑里的声音？

他找到自己的鞋子，把它们穿上脚，然后一边手忙脚乱地系着鞋带，一边想："明亮闪耀是谁？或者说是什么东西？"

"明亮闪耀就是地球，它代表的是这颗星球上的智慧。它是太阳系中的三大智慧之一，也是宇宙中的众多智慧之一。地球是一个智慧体，它的智慧叫作明亮闪耀。"

"我不明白。"他想。

"你会明白的，准备好了吗？"

等到他系好第二只鞋的鞋带，站起身来，那个声音说："跟我来，脚步放轻点。"

接着，他就像是被什么人领着一样穿过了几乎全黑的隔间。他没有感觉到身体被任何人触碰，也没有看到身边有任何实体存在，但依然走得十分坚定。虽然步子很轻，但他依然确信自己不会走错路或是被绊倒。穿过整个病房后，他伸手碰到了门把手。

他轻轻转动把手，把门向里拉开了一条小缝，刺眼的光线让他看不清任何东西。

"等等。"那个声音说。

他站在原地不动，一阵纸页翻动时的沙沙声从门外明亮的楼道里传来。

紧接着，入口大厅的方向传来了一声刺耳的尖叫。门外的楼道里立刻响起了椅子在地板上拖动的声音、匆匆赶往尖叫声来源处的脚步声，以及一扇门打开又关上的声音。

那个声音说："出来吧。"

他把门完全拉开，走了出去。病房门外有一张桌子和一把椅子，椅子上已经空荡无人。

他穿过了一扇门和一段楼道，那个声音又说了一次"等等"和"出来"。这回是门外的警卫睡着了，他踮起脚尖从警卫的身边经过，然后走下了楼梯。

"我要去哪儿？"他忽然想到了这个问题。

"疯狂。"那个声音说。

"但是你刚才说我没疯！"他大声抗议道。那个声音的回答让他大吃一惊，甚至比它对上一个问题的回答还要让他吃惊。在他话音刚落的短暂安静中，楼梯下方拐角处的电话交换机嗡嗡嗡地响起了起来。

有什么人在说话："喂？好的医生，我这就上去。"

接着是一阵脚步声，还有电梯门关上的声音。

他走下剩余的楼梯，转过拐角，来到了入口大厅。拐角处的办公桌前空无一人，桌边放着一台电话交换机。他穿过大厅来到大门口，抽出了沉重的门闩。

他来到了户外，身影没入了黑夜。蹑手蹑脚地走过了水泥地和碎石路以后，他的鞋子终于踩在了草地上——不需要再踮着脚走路了。这段路黑得伸手不见五指，他唯一能感觉到的就是身边有树，因为偶尔会有叶片划过他的脸颊。但即便如此，他依然健步如飞。到达一个地方后，他的手自然而然地伸向前方，摸到了一堵砖墙。

他举起双手，撑着砖墙的上缘翻了过去。墙顶上插着很多碎玻璃，他的衣服和皮肉都被割开了口子。然而他感觉不到疼痛，只能感觉到鲜血的湿润和黏稠。

他走过一条被街灯照亮的路，又走过一段漆黑无人的路，最后拐进了一条更加幽暗的小径。他打开一户人家后院的门，从后门闯进了那家的房子。房子正面有一间屋子亮着灯。他在楼道的尽头看到了那间屋子里射出的矩形灯光，于是顺着楼道来到了屋子里。

一个男人从书桌前站了起来。他记得那张脸，却又想不起是谁。

"没错，"男人微笑着对他说，"你认识我却又认不出我。你的意识现在不完全由你支配，你认出我的能力被抑制住了。除此之外，被抑制住的还有痛觉——你被墙上的碎玻璃划得满身是血，却完全感觉不到疼痛。放心，你的精神是正常的，你没疯。"

"这到底是怎么回事？"他问，"我为什么会被带到这里？"

"正是因为你没疯。对于此事我深感抱歉，本来不应该是这样的。在转移以后，你仍然保留着自己早年的生活记忆——这种事倒也偶有发生。最不应该发生的是，你通过某种方式知道了一些你本不该知道的东西，比如明亮闪耀，还有那场红、黑之间的游戏。所以……"

"所以什么？"他问。

那个他认识却又认不出的男人微微一笑，说："所以，我们必须让你知道事情的全部，来确保你什么都不知道。知道了一切就等于一无所知，因为真相会把你逼疯。"

"我不信。"

"你当然不会相信。你能想到的事情是不会把你逼疯的，但真相你根本就想象不到。"

一股怒火在他的心头燃起。他盯着那张熟悉的脸——那张他认识却又认不出的脸，又低头看了看自己。破烂的灰色病号服上血迹斑斑，被割伤的双手上也鲜血淋漓。那双手扭曲成了两只充满杀气的钳子，仿佛要把所有站在他面前的人置于死地。

"你是谁？"他问。

"我是明亮闪耀的道具。"

"把我带过来的那个？还是另一个？"

"我们一个就是所有，所有也是一个，整体和部分没有区别。一个道具同时也是另一个，红就是黑，黑就是白，没有任何区别。明亮闪耀就像地球的灵魂。我之所以用'灵魂'这个词，是因为它是你们的词典里能找到的最贴切的一个词。"

愤怒仿佛化作了一道强光，快要把他全部湮没。

他问："明亮闪耀到底是什么？"他说那个词的时候仿佛在念一句咒语。

"知道了你会疯，想听吗？"

"想。"就算是这个简单的字也被他说得像是一句咒语。

灯光变暗了——还是他的眼睛在逐渐失明？整间屋子越来越暗，同时不断向后退去，变成了一个发着微光的小方块，仿佛他是在从遥远的深空中凝望着它。方块继续后退，最后变成了一个针尖大小的光点。但即便是在这时，那个令人讨厌的男人——或不是男人的东西——也依然站在屋子里的书桌旁。

他的视角进入了漆黑的太空，他俯视着地球，逐渐离它远去。地球成了夜空中一个暗淡的球体，它后退着，在散落着星辰的漆黑宇宙中显现出轮廓，像一个挡住了其他星辰的黑色圆盘。

突然，地球停止了后退，时间不再流动，仿佛宇宙的时钟停止了摆动。明亮闪耀的道具的声音从时空之外传到了他的耳边：

"瞧啊，"那个声音说，"那就是地球。"

他看着眼前的地球，仿佛不是外部世界发生了变化，而是他的内在感官发生了变化，让他看到了之前不曾看到过的景象。

眼前的地球开始发光，明亮而闪耀。

"你看到了主宰地球的智慧。"那个声音说，"它包含黑色、白色和红色三个部分，这些部分就像人脑中的脑叶一样相互独立，同时又三位一体。"

发光的球体和背景中的星辰逐渐暗淡下来，宇宙变得更加黑暗了。接着，黑暗中出现了微弱的光，光越来越亮，直到他发现自己回到了刚才的屋子里，那个男人依然站在书桌边。

"你看到了，"那个让他厌恶的男人说，"但你无法理解。你想问：'我看到了什么？''什么是明亮闪耀？'那是一个集体智慧，地球上真正的智慧。太阳系三大智慧中的一个，也是宇宙众多智慧中的一个。

"那么，人类又算什么呢？是棋子。人类在一种复杂到你难以置信的游戏中被当作棋子。那种智慧的黑、白、红三个部分之间会通过玩这种游戏来消遣解闷，以打发漫长永恒中的无聊瞬间。星系之间的游戏数不胜数，但都不是和人类玩的。

"人类是地球上特有的寄生虫，地球姑且容忍了他们的存在。宇宙的其他地方都没有人类，而人类在地球上也不会存在太久。也就是一小会儿，几盘棋的时间，可他们却以为自己掌控了一切……你好像开始理解了。"

桌边的男人露出了微笑。

"你一定想知道自己身上发生了什么，这至关重要。你被转移了，在洛迪之战的时候——对于红方来说，那是做出转移的绝佳时机，因为它需要一枚更强壮、更坚韧的棋子。那也是历史的转折点，当然是游戏意义上的。现在你明白了吗？国王被其他的棋子替换掉了。"

他努力地挤出来三个字："然后呢？"

"明亮闪耀是不会杀人的，你必须被挪到某个其他的时空里去。正好，很久以后的一个叫乔治·瓦因的男人在车祸中丧命之后，他的身体还可以继续使用。乔治·瓦因虽然不是疯子，却有拿破仑情结，这让转移的过程变得非常有趣。"

"想想也是。"他无法触碰到桌边的那个男人，他心中的仇恨仿佛变成了他们之间一堵无形的墙。"所以乔治·瓦因已经死了？"

"是的。至于你，由于你知道得太多了，我必须让你疯掉才能清空你的记忆——知道真相会把你逼疯。"

"不要！"

道具笑了起来。

八

那间屋子——那个发光的小方块逐渐变暗、倾斜……他依然是站着的，却感觉身体在向后倒，站立的方向由竖直变为了水平。

身体的重量压在了他的后背上，身下是柔软……又硬又滑的床垫和粗糙的灰色盖毯。他发现自己能动了，于是坐了起来。

他刚才是在做梦吗？他真的走出了精神病院吗？他抬起双手，用一只手摸了摸另一只手，发现它们又湿又黏。同样又湿又黏的还有他身上那件衬衫的正面，以及裤子的大腿和膝盖处。

他的脚上还穿着鞋。

翻墙时流出的血还在。而且，现在他的痛觉没有受到抑制，他的双手、胸口、肚子和双腿都开始疼了起来。那是一种钻心刺骨的疼。

他大声说道："我没疯，我没疯！"

他是在尖叫吗？

一个声音说道："是的，还没有。"

是之前那个出现在隔间里的声音吗？还是那个站在明亮屋子里的男人的声音？又或许这两者其实是同一个声音？

"问'什么是人类'。"那个声音说。

他机械地重复了一遍这个问题。

"人类是一条进化的死胡同，他们登场得太迟了，所以总是被操控，被明亮闪耀玩弄于股掌之中。明亮闪耀在人类学会直立行走以前就已经成熟且睿智了。

"人类是一种寄生虫，寄生在了一颗已经有主人的行星上。这颗行星的主人既单一又多样，是由无数个微小单元共同构成的集体意识。它是一个智慧体，只拥有一个意志。宇宙中每颗有主人的星球都是如此。

"人类是一个笑话，一个小丑，一只寄生虫。他们一无是处，即将消亡殆尽。

"走向疯狂吧！"

他又一次下床走了起来，穿过隔间的门，来到病房和楼道之间的那扇门前。楼道上的光亮从门下一条狭窄的缝隙间透了进来。

然而这一次，他没有伸手去碰门把手，而是面对着紧闭的门站在原地。门开始发光变亮，逐渐在视野中清晰起来，仿佛被安在某处的聚光灯照亮了一样。

一片漆黑之中，整扇门变得和它下面的缝隙一样明亮，成了一个清晰可见的长方形。

"现在你看到的就是操控着你的一个单元，"那个声音说道，"一个本身没有智慧的微小单元，而由上百万个这样的单元组成的智慧体却可以操控着地球——当然也操控着你。上百万个地球级的智慧体又组成了操控宇宙的智慧体。"

"你是说那扇门？我不明白……"

那个声音没有再出现，它结束了对话，但他的脑海里始终回荡着某种无声的笑。

他凑得近了一些，这才注意到自己本该去看的东西——一只蚂蚁正在沿着门向上爬。

他的眼睛跟随着那只蚂蚁，一阵电击般的恐惧感瞬间爬上了他的脊梁。先前被告知和展示的种种"真相"一下子在他的心中拼凑出了一幅图像，一幅极度恐怖的图像。黑、白、红——黑蚁、白蚁和红蚁！拿人类当棋子的玩家、有三个独立脑叶的大脑、一个集体智慧。人类只是一个偶然、一只寄生虫、一枚棋子。宇宙中的上百万颗星球都已经被虫族占领，诞生出了属于那颗星球的集体智慧。而所有星球上的集体智慧加起来，就是宇宙的智慧，也就是——上帝！

他没能说出最后想到的两个字，而是直接疯掉了。

他捶打着已经暗下来的门，用血淋淋的双手、膝盖、脸以及他的整个身体。他已经不记得自己为什么要这样做，不知道自己想要打破的究竟是什么。

当人们确认他的情绪已经由暴怒转为平静，为他脱去束身衣的时候，他正在像精神分裂症——不是妄想症——患者那样胡言乱语。

11个月后，当人们判断他精神正常放他出院的时候，他已经摆脱了精神分裂症，但彻底患上了妄想症。

你知道，妄想症是一种特殊的精神疾病。妄想症患者没有任何生理上的症状，仅仅是比正常人多了某种错觉。在通过一系列电击疗法治好了精神分裂症以后，他的心中只剩下了一种被修正过的错觉——他是乔治·瓦因，一个报社记者。

精神病院的医生们也认为他是乔治·瓦因，所以他们不认为他产生了错觉。他们同意他出院，并为他开具了"精神正常"的诊断证明。

他和克莱尔结了婚。

他仍然在刀锋报社为那个叫坎德勒的人打工，仍然会和他的表哥查理·多尔下棋，仍然会定期去找厄尔文医生和伦道夫医生做精神检查。

这些人里的哪一个会在心里偷着乐呢？没错，四个人里的确有一个。不过，你知道这个又有什么用呢？

这根本不重要，你还不明白吗？一切都不重要！

想象

想象幽灵、上帝和魔鬼。

想象地狱和天堂、飘浮在空中的城市和沉没在海底的城市。独角兽和半人马，女巫、术士、精灵和妖怪。

天使和鹰身女妖，魔法和咒语，元素、灵兽、恶魔。

所有的这些都很好想象，人类已经想象它们上千年了。

想象宇宙飞船和未来。

这也很好想象，未来正在到来，而宇宙飞船一定会出现。

那么，有什么东西是难以想象的吗?

当然有。

想象一堆物质，你身在其中。你拥有意识，能够思考，因此知道你的存在。你能够移动你身在其中的那堆物质，使它睡去或者醒来、做爱或者上坡。

想象一个宇宙——有限还是无限都随你的便——里面有千亿、万亿、亿亿颗太阳。

想象一粒泥点疯狂地绕着其中一颗太阳转。

想象你正站在那粒泥点上，跟着它一起转，转过时间和空间，直到一个未知的终点。

想象!

捧读文化
触及身心的阅读

致未来文学
To the Future Literature

出 版 人　古　莉
出 品 人　张进步　程　碧
责任编辑　姜朝阳
特约编辑　韩彦仪　陆半塘
装帧设计　仙境设计
版式设计　张晓冉